어쩌면
우린 모두
외로운가 봐

어쩌면
우린 모두
외로운가 봐

알렉스 신 지음

좋은땅

나와 당신의 이야기

혼자 사는 사람들이 많습니다.

저는 부모님과 함께 살지만, 삶의 방식은 혼자 사는 것과 크게 다르지 않습니다. 대부분 혼자 아침을 맞이하고, 혼자 밥을 먹고, 어디든 혼자 잘 다닙니다.

물론, 온전한 1인 가구와 비교하는 것은 억지스러움이 있습니다. 저 또한 몇 년간 혼자 살아 봤지만, 확실히 지금과는 큰 차이가 있습니다. 그럼에도 혼자 사는 사람들로 이 이야기를 시작하는 것은, 동시대를 살아가는 우리의 세대가 외로움이라는 비슷한 감정을 안고 살아가고 있다는 생각 때문입니다.

지금부터 들려드릴 이야기들은 나의 이야기입니다.

그리고, 당신의 이야기입니다. 그래서 우리의 이야기입니다.

우리가 책이라는 매개체를 통해 서로의 감정을 나누고, 그것으로 서로를 조금 더 이해하고, 공감하고, 위로받아서 서로를 마음속이나마 응원하게 되고, 그 덕분에 이 외로운 삶의 길 위에서 위안받을 수 있다면, 이 책을 통한 우리의 만남이 더 아름다워지리라 믿습니다.

우리는 필연적으로 많은 사람들과 관계를 맺으며 살아갑니다.

그리고 그 관계 속에서 살아가면서도 우리는 각자의 외로움을 떠안고 있습니다. 함께 있어도 외롭고, 무언가 물과 기름처럼 섞이지 않는 기분이 듭니다. 누구 하나라도, 나의 이야기를 들어주고, 나를 이해해 줄 사람이 있다면 좋겠다는 생각이 듭니다.

하지만, 이내 그런 생각은 사치라는 생각이 듭니다. 그리고 이 외로움을 채워 줄 다른 것들을 붙들어 봅니다. 가장 가까운 것은 스마트폰입니다. 아무 생각도 하지 않고, 외로움을 느낄 여유조차 없이 나의 무료한 시간들을 채울 수 있습니다. 그렇다고 이 외로움의 흔적이 완전히 사라지는 것은 아닙니다.

이것이 진짜 내가 원하는 삶일까요?

이 이야기는 이 질문에서부터 시작되었습니다.

살아 있다는 기적

1967년 8월 22일, 오전 8시.

구봉광산 배수부에서 막장의 물을 퍼내는 일을 했던 김창선 씨(당시 36세)는 막장 내부를 받치는 오래된 갱목이 무너져 버리는 바람에 건물 50층 높이에 달하는 지하 125m의 갱도 안에 갇히게 됩니다.

갱도가 무너질 당시 다른 인부들은 점심시간이라 모두 밖으로 나간 상태였고, 김창선 씨는 갱도 내 대피소에서 도시락으로 점심을 해결하려다가 홀로 지하에 갇히게 된 것이었습니다.

컴컴한 어둠 속에 홀로 갇힌 김창선 씨는 군 시절 통신업무를 담당했던 경험으로, 대피소 내에 있었던 비상전화기와 통신선을 연결하는 데 성공했고, 간신히 사무소로 연락을 할 수 있었습니다.

하지만, 연락이 닿은 기쁨도 잠시. 당시 광산회사는 비용 등의 문제로 김창선 씨의 구조를 포기한 상태였습니다. 그러다 우연히 이 소식이 신문기자의 귀에 들어가면서 순식간에 전 국민의 관심이 집중되었고, 그 덕분에 당시 대통령까지 비서관을 보내며 구조작업을 독려하는 상황까지 진행되어, 1967년 9월 6일, 저녁 9시 15분에 김창선 씨는 구출될 수 있었습니다.

어느 날 TV 프로그램에서 김창선 씨의 당시 사건에 대해 다룬 내용을 보게 되었습니다. 구조 이후 김창선 씨는 빠르게 건강을 회복했습니다. 전국에서 구호물자와 후원 등을 보내 주고, 언론에도 주목받게 되었는데, 사고 이후 광부 일은 그만두고, 평범하게 살다가 2022년에 90세의 나이로 돌아가셨다고 합니다.

김창선 씨의 사고 이후 또 다른 광산에서도 갱도가 무너져 구조된 광부를 문병 간 김창선 씨의 모습도 나왔는데, 그분이 김창선 씨를 보며, "당신도 살았는데, 우리도 살 수 있을 것 같았다."라는 말을 한 것이 기억에 남습니다.

우리는 때때로 크고 작은 사고 소식을 듣게 됩니다. 그것은 가까운 사람일 수도 있고, 먼 사람의 소식일 수도 있고, 때론 나 자신의 일이기도 합니다. 크건, 작건, 멀건, 가깝건, 모두 안타까운 일들입니다.

때론 극단적인 선택의 소식을 듣기도 합니다.
대한민국이 OECD 국가 중, 자살률 1위라는 것은, 지금의 우리들이 얼마나 힘든지를 단적으로 보여 주는 지표 같습니다.

갱도 안에서의 김창선 씨, 혹은 지금 병들고 아파 누워 있는 누군가에게, 살아 있다는 것, 살아남는다는 것은 그 자체가 기적적인 일입니다.

우리는 무언가 힘들고, 아프고, 슬프고, 외로울지 모릅니다. 이 모든 게 찾아왔을 때 가슴이 찢어지는 듯한 고통은 이 책을 읽으시는 분이라면, 한두 번쯤 겪어 봤으리라 생각합니다. 하지만, 그럼에도 살아 있어야 합니다. 왜냐하면, 그 자체가 기적이니까요.

세상이 모두 등 돌린 것 같아도 밥을 먹고, 잠을 자고, 자신을 돌봐주어야 합니다. 어쩌면 우리도 지하 125m에 홀로 갇힌 김창선 씨와 같은 마음의 자리에 위치하고 있을지도 모릅니다. 갱도가 무너진 것은, 김창선 씨의 잘못이 아닙니다. 마찬가지로 우리 마음의 갱도가 무너진 것도 우리의 잘못이 아닙니다. 그러니 우리도 끝까지 이 마음의 갱도를 탈출합시다. 그리고 살아남읍시다.

언젠가 또 우리의 모습을 보고 살아갈 사람들이 생기지 않을까요? 그러니 지금 우리가 살아가고 있다는 것 자체가 우리 삶의 기적입니다.

이 책은 저의 외로운 시간들과 그 시간을 보내면서 만나고, 느끼고, 숨 쉬고, 살아가는 이야기들을 적어 내려가는 기록들입니다. 때로는 일기처럼, 때로는 편지처럼, 때로는 서로 주고받는 메시지처럼 편하게 쓰고, 편하게 읽을 수 있게 적어가고 있습니다.

이 외로움의 시간은 저의 이야기이기도 하고, 당신의 이야기이기도 하니까요. 결국 이것은 같은 시대를 살아가는 우리 모두의 이야기인 것 같습니다. 이 이야기 속에서 누군가는 위로를 받고, 서로 공감하고, 응원하고, 지지할 수 있다면, 외롭지만 또 하루를 살아가는 힘을 얻게 되는 것 같습니다.

희망이 있는 삶은 현재가 아무리 힘들어도 견딜 수 있습니다. 그렇기에 희망의 끈을 놓지 말아야 할 것인데, 너무 많은 세상의 풍파와 흘러 버린 시간들 덕분에 점점 희망의 끈이 사그라져 가는 느낌이 들 때가 있습니다. 혹시 이것이 당신의 이야기 같다면, 다시금 희망의 불이 타오르도록 응원하고 싶습니다.

이 이야기의 시작은 제가 하겠지만, 마무리는 이 책을 모두 읽은 후 각자의 몫으로 남겨 두겠습니다. 시작하는 저와 마무리하는 당신을 응원합니다.

목차

PART 1

외로움의 기억

PART 2

산은 언제나 그 자리에

PART 3

모임에 모인 사람들

PART 4

책, 영원한 친구

외로움의 기억

지독한 외로움

2004년 여름의 한 장면이 간혹 떠오릅니다.

사실 오래된 기억이라 여름인지, 초가을인지 확실하지 않습니다. 종합운동장에서 삼성역으로 넘어가는 작은 다리 위를 걷고 있었습니다. 군대에서 휴가를 나왔을 때였고, 이후에 무엇을 했고, 어디를 갔고, 누구를 만났는지는 아무런 기억이 없습니다.

그럼에도 그 다리 위를 걸었던 기억이 납니다. 이 기억은 당시 느꼈던 진한 감정 덕분일 것입니다. 말로 표현하기 힘든 미친 듯한 외로움의 감정입니다.

표현하기는 힘들지만, 이해를 돕기 위해 당시 상황을 그려 봅니다.

휴가를 나왔고, 갈 곳이 없었습니다. 위태하게나마 어머니와 함께 살던 집은 저의 입대와 동시에 사라지게 되었고, 당시 어머니는 친구분 집과 고시원 등을 전전하며 지내셨습니다. 첫 휴가 때는 친구분 집에 계셨었는데, 당시 휴가 때는 고시원에 계셨었습니다. 그래서 저도 잠은 어머니와 함께 작은 고시원에서 잘 수 있었지만, 낮에는 어머니도 일을 가서서 고시원에 있을 수 없었던 기억이 납니다. 딱히 고시원에 머무르지 못할 이유도 없었을 것인데, 왜 그랬는지는 모르겠습니다. 친구들도 각자의 일을 하다 보니 만날 사람도 없습니다.

그때는 만날 사람도 없고, 갈 곳도 없고, 그렇다고 쉴 곳도 없으니 외롭고, 쓸쓸하고, 그 넘치는 감정을 주체하지 못해 압도당했던 것 같습니다. 그 또한 순간일 뿐인데, 시야도 좁고 어리다 보니 받아들이는 것이 쉽지 않았습니다.

이제는 당시보다 나이도, 경험치도, 시야도, 여러 면에서 성장했습니다.
20년을 이 감정이라는 것이 달라붙어 있었다면, 이제는 이 감정조차도 털어내 보려 합니다.

그럼에도 여전히 순간순간 올라오는 기억과 그 기억에 묻힌 감정들에 여전히 압도당할 때가 있습니다. 이전에는 그 인식조차 하지 못했습니다. 그저 여러 상황에서 기분이 나쁘고, 마음이 상한다고만 생각했습니다. 그리고 다시 그러한 나의 성향을 질책하게 됩니다. 악순환이지요.

그런데 어느 날 보니 그게 아닙니다. 방금 전 떠올린 20년 전의 추억 조각처럼, 나에게 남아 있는 수많은 조각들과, 그 조각의 수만큼 혹은 그 이상 담겨 있는 감정의 잔해와 흔적들이 무분별하게 쌓여 있습니다.

그 무분별한 감정의 더미를 분류해 보니,
[외로움]이라는 분류표가 나옵니다.

그렇습니다. 지독히도 외로웠습니다. 지금도 때때로 그렇습니다. 그러나 이제는 이것을 어떻게 다루어야 할지 감이 조금 옵니다. 그래서 이것을 또 나누어 보고 싶습니다. 무언가를 나눈다는 것 자체가 이 지독한 외로움을 다루는 또 하나의 방법이니 말입니다.

그러나 이런 저의 외로움은 누군가에게는 사치스러운 감정일지도 모릅니다.

저의 세계와 시야에서는 상상도 못 할 외로움을 감당하고 있는 사람들이 우리 주변에 많이 있습니다. 지금 당신이 자신만의 지독한 외로움을 겪고 있다면, 이 책을 통해 조금이라도 위로와 용기를 얻고, 이제는 외로움을 당하는 것이 아닌, 스스로 선택하는 삶이 되길 바라며 기도하는 마음으로 하나씩 이야기를 나누어 보겠습니다.

우리 서로의 마음을 열고, 편안하게 들어가 봅시다.

나와 친해지기

회사 일로 정신없이 지내던 시절, 주말이 오면 감당하기 힘든 쓸쓸한 시간이 찾아옵니다.

친한 친구들도 하나둘 결혼을 하거나 연인과 데이트를 하고, 그나마 솔로인 친구들도 매번 모이기에는 부담스러운 시기가 되었습니다. 그리고 가끔 친구들을 만나게 돼도, 그다지 즐겁지는 않습니다. 예전에는 뭔가 즐거운 기운이 있었는데, 이제는 모든 게 시들합니다.

글을 쓰겠다고, 야심 차게 사직서를 내고 나온 이후에는 매일이 그런 시간입니다. 누군가의 말처럼 연애를 하면 해결된다고 하지만, 저는 꼭 그렇다고 생각하지는 않습니다. 연애를 하고 싶다는 마음도 있지만, 그렇게 쉬운 일이었다면, 벌써 시작하지 않았을까 생각합니다. 연애도 할 만한 능력이 돼야 합니다.

그러니 일단은 혼자 지내 봅니다.

그리고 나를 바라보기 시작합니다.

나는 어떤 사람일까요?

나는 무엇을 좋아하고, 무엇을 싫어하고,

누구와 함께 있을 때 가장 행복할까요?

나는 나에 대해서

정말 잘 알고 있는 것일까요?

나 자신에 대해서

진지하게 생각해 본 적이 언제인가요?

나 자신을 돌아보면서,

이런 질문들을 스스로에게 던져 봅니다.

그러고 보니 이런 생각을 해 본 적이 없습니다. 다 안다고 생각하고, 당연하다고 생각했는데, 그렇지가 않습니다. 나는 나라는 사람을 잘 모르는 것 같습니다. 그러니 어떤 때는 이유 없이 행복한 것 같고, 또 어떤 때는 괜히 화가 나고, 짜증이 납니다. 나를 잘 모르다 보니, 그 이유들을 잘 모르고 있습니다. 그러니 나를 어떻게 돌보고, 어떻게 해야 행복할지 잘 몰랐던 것 같습니다.

그런 시간들이 지나가고 나니, 지금은 어렴풋이 알아가고 있습니다. 이것은 내가 나 자신과 이전보다는 조금 친해졌다는 증거이기도 합니다. 여전히 나의 관심사와 생각의 중심들은 다른 사람들이나, 외부의 무엇으로 옮겨질 때가 많지만, 그럼에도 다시 그 생각의 중심을 나 자신의 내면으로 옮기기 위해 시시때때로 스스로를 깨우치고 있습니다.

이 과정은 나의 행복한 삶에 제법 도움이 되는 것 같습니다. 나 자신과 함께 좋은 친구가 되어 가는 여정입니다.

쓸데없는 말로 까먹지 말자

어느 평화로운 토요일 오후였습니다.

가족들과 함께 동네 근처에서 산책을 하고 식사를 하려던 참이었는데, 문자 한 통이 옵니다.

이 또한 문자의 내용은 정확하게 기억이 나지 않습니다. 당시 팀장이었던 저와, 새롭게 팀장으로 들어온 직원 간의 일종의 힘겨루기였습니다. 서로 문자를 주고받으며 약간의 투닥거림이 있었습니다.

이후 저의 평화로운 토요일 오후는 완전히 깨져 버렸습니다. 서로 문자를 주고받은 것 이외에는 아무 변화도 없었는데 말이지요. 그저 온 신경과 마음이 그 팀장과의 관계에 관련된 시끄러움만으로 가득 차 버린 것입니다.

쓸데없다는 것은, 불필요하다는 것입니다. 우리는 종종 집

이나 방이나 나의 공간에 불필요한 것들을 쌓아 놓습니다. 언젠가 쓸지도 모른다는 생각이 들기 때문입니다. 그런데, 더 중요한 것은 나의 마음의 자리에도 그 불필요한 것들을 쌓아 놓는다는 것입니다.

인간관계에 있어서 만나는 많은 사람들은, 고마움보다 서운한 순간을 더 잘 기억하는 것 같습니다. 혹은 기억은 사라져도 그 감정만은 남아 하나의 이미지처럼 붙어 있는 듯합니다. 그래서 사람들과 관계를 이어 가는 중에는 상대방이 고마워할 만한 일도 해야겠지만, 그보다 서운하거나 기분이 상할 만한 일을 만들지 않는 것이 더 현명합니다.

그래서 최근에는 사람들과 말을 하기 전에 여러 번 생각하게 됩니다.

상대방의 입장을 생각해 보고, 지금 하려는 말이 상대방과 나에게 도움이 되는지? 기분이 좋아지는지? 감동적인지? 생각해 봅니다.

그런데 이게 쉽지 않습니다. 빠르게 답변을 해야 할 때가 많고, 분위기에 휩쓸릴 때가 있고, 자신의 기분에 도취될 때가 있습니다. 꼭 그러다가 실수가 나옵니다. 실수는 한 번이지만, 이것을 만회하기 위해서는 정말 많은 시간과 노력이 필요합니다.

우리에게도 불필요한 말과 생각으로, 스스로를 괴롭게 하는 일이 얼마나 많습니까? 사실 이것이 가장 괴로운 일이기도 합니다. 특히나 다른 사람과의 관계에서 비롯된 일로 인해 스스로를 괴롭히는 일이 많습니다. 그럴 경우 말 그대로 타인과 내 마음속은 함께 지옥이 됩니다.

상대방에게도 불필요한 말로 까먹지 말아야겠지만, 나 자신에게도 불필요한 말과 생각으로 스스로를 까먹고, 불편하고, 힘들게 하지 말아야겠습니다.

사실 지금 이 순간에도 하나 불편한 마음이 있습니다.

그저 지나갈 수 있도록 마음을 열어 두어야겠습니다.

타인은 지옥이다?

군 복무를 하던 2000년대 초반에는 군인들에게 "수양록"이라는 것을 훈련소에서 하나씩 지급해 주었습니다. 매일의 훈련이나 군 생활을 기록할 수 있는 일종의 군인 다이어리입니다. 매사 기록하는 것을 좋아했던 저는 개인 일기장과 함께 이 수양록도 요긴하게 썼었던 기억이 납니다.

그중에서 하나 기억이 남는 문구가 있습니다.
"그래도 언젠가 이 녀석들이 그리울 때가 오겠지…."
네. 맞습니다. 그 시간이 왔습니다. 바로 지금 말이지요. 그 시절의 선후임들은 군대를 제대한 이후로 저의 절친한 동기를 제외하고는 지난 20년간 한두 명 정도 잠깐 얼굴을 본 것이 전부입니다. 친했던 사람들도 각자 흩어져 살면서 자신의 일에 바쁘다 보니 연락도 뜸해지고, 보기도 힘듭니다. 그래서 가끔은… 아주… 가끔은 기억에도 흐릿한 그들이 보고 싶습니다.

그중 군대를 제대하고 20여 년이 지난 지금까지도 이어지고 있는 군대 동기가 있습니다.

이 친구는 훈련소에서 처음 만났는데, 저보다 두 살이 어립니다. 처음 이 친구를 봤을 때, 180 정도 되는 큰 키에 어깨는 넓고, 팔다리는 긴데, 약간은 구부정한 자세에 피부는 하얗고, 빡빡 깎은 머리는 약간 붉은빛이 도는 모습입니다.

만화 〈슬램덩크〉에서 머리를 빡빡 깎은 강백호의 모습을 떠올려 보시면, 이해가 쉬울 것입니다. 거의 비슷했습니다. 그리고 행동하는 모습도 흡사 정신없는 강백호와 비슷합니다. 군대에 온 것이 약간은 신나 보였습니다. 내무실에서 제 건너편 자리였는데, 그 옆자리 흑곰처럼 생긴 친구와 쌍벽을 이루며 훈련소 내무실의 분위기를 장악해 가던 친구입니다. 조용하게 지내던 저와는 전혀 갈 길이 다른 친구였습니다. 훈련소에서 이 친구와 대화를 해 본 기억도 없습니다.

그렇게 훈련소 6주의 훈련이 마무리되어 가던 어느 날, 우리는 특공여단 차출 심사에 함께 면접을 보게 되었습니다. 특공대라고 해서 정말 뭐 특별난 것은 아니었습니다. 훈련병들 중에 먼저 키와 체격 등을 서류로 걸러 내고, 걸러진 훈련병들을 해당 부대 간부들이 와서 면접을 보고 적합한 인원의 숫자를 맞춰 나가는 시스템 같습니다. 전날 저녁에 수십 명이 호명되었고, 다음 날 면접을 보게 되었습니다.

세 명의 면접관과 돌아가면서 일대일 면접을 보게 되었고, 저의 인사카드 위에는 대문자로 C가 적혀 나가고 있었습니다. 두 명까지 C를 받았고, 한 명에게만 더 받으면 올 C가 되어 작전 성공입니다. (당시 저는 후방 사단 훈련소에서 훈련을 받았는데, 그곳에서는 대부분 후방부대에 편성이 되고, 가장 빡센 곳이 강습여단과 특공여단이었는데, 이미 강습여단은 잘 피했고, 이제 특공여단만 피하면, 저의 남은 군 생활은 편할 것이라 생각했기 때문입니다.)

그런데, 저 뒤에서 누군가 저를 가리킵니다. 당시 서로 대화 한마디 해 본 적도 없어 친하지도 않은 이 강백호 친구가 그 긴 팔을 뻗어 저를 향하고 있습니다. 그러더니 저를 면접 보던 간부가 그 친구를 면접 보던 간부에게 다가갑니다.

"무슨 일이야?"

"이 친구가 저기 동기랑 같이 가고 싶다네."

"아~ 그래?"

그러더니 저를 면접 보던 간부가 제 인사기록 카드 위의 C-C를 보고 말합니다.

"누가 이렇게 적었어?" 하더니 2개의 C를 지우고, 모두 A로 적습니다. A-A-A.

그렇게 저는 이 친구와 함께 특공대로 가게 되었습니다. 올 A의 우수한(?) 평가로 말입니다.

우리는 함께 이라크 파병도 다녀왔고, 군대를 제대한 이후 20대와 30대를 지나 40대까지도 좋은 친구로 지내고 있습니다. 친구는 그 사이에 결혼해서 아들을 둘이나 낳았습니다.

최근에는 바쁘다 보니 한 달에 한 번 정도 만나고 있지만, 여전히 서로에게 너무나 좋은 친구입니다. 우리는 여전히 위의 에피소드를 포함한 군 시절 얘기들을 가끔씩 우려먹으며 서로 웃곤 합니다.

나와 너무 다른 사람. 낯선 사람들. 어떤 때는 그런 모든 낯섦과 그에 동반한 미지에 대한 두려움들이 정말 지옥처럼 느껴질 때가 있습니다. 마치 만찬석에서 모두가 긴 포크를 들고 있어서 굶주려 간다는 예화처럼 말입니다. 그런데 어떻게 우연이라도 내 긴 포크 끝에 걸린 음식이 앞사람 입에 들어가거나, 반대의 경우가 생길 때가 있습니다. 꼭 의도치 않더라도 말입니다.

그럴 때 천국을 경험하는 것 같습니다.
저와 같은 성향을 가진 사람들은 기본적인 값. 디폴트가 타인은 지옥입니다.

하지만, 이제 조금씩 배워 갑니다. 의도했든, 의도치 않았든, 도움을 주었든, 도움을 받았든, 무엇인가 그 상대방과 주고받다 보니, 조금씩 천국으로 변화해 간다는 것을 말입니다.

저에게는 저의 친구가 가장 확실한 살아 있는 증거입니다.

대화가 필요해

30대 초반에 카자흐스탄에서 몇 달을 일하면서 지낸 적이 있습니다.

3일을 일하고, 하루를 쉬는 형태의 근무구조였는데, 일하는 동안에는 함께 간 친구들도 있었고, 한국 사람들도 있었지만, 쉬는 날에 시내로 외출하면 온통 외국어입니다. 지금처럼 스마트폰 번역기나 정보가 활성화된 시기도 아니었고, 언어도 생소한 러시아어와 카작어입니다. 그곳에 가기 전에는 카자흐스탄이라는 나라가 어디에 있었는지조차 몰랐으니 말입니다.

그럼에도 생활하고, 쉬는 날 외출을 하는 것에는 전혀 문제가 없었습니다. 인사말이나 음식 등을 주문하고, 마켓에서 물건을 사는 정도의 간단한 생활회화를 숙지해 두었기 때문입니다. 물론 답답한 마음이 없다고는 할 수 없지요. 더 자유롭고 유창하게 현지 언어를 했으면 좋겠다는 바람을 갖곤 합니다.

시간이 흘러 한국에 돌아오고, 또 많은 시간이 흘렀습니다. 그런데 지금의 삶을 바라보자면, 말이 통하지 않던 외국에서의 생활과 크게 다르지 않다는 생각이 들곤 합니다. 모국어는 유창하게 할 수 있는데, 그 상대가 없습니다. 시내로 외출해 보면, 사용하는 단어는 한정적입니다. 외국인이라도 사용할 수 있을 정도입니다.

아무것도 가진 것이 없다고 느꼈던 20대의 시절에는 함께 오랜 시간을 보낼 수 있는 친구들이 있었습니다. 서로 가진 것은 시간뿐이니, 서로의 시간을 공유하고, 함께 놀고, 수없이 많은 날들을 이런저런 이야기들로 채워 갔었지요. 그러다가 30대부터는 서로의 일이 바빠지고, 어떤 친구는 연애를 시작하고, 또 어떤 친구는 결혼을 하고, 각자의 이런저런 사정들로 서로의 시간을 공유하기 힘들어집니다. 아무것도 없는 것에서 무언가 소중한 것들이 채워지고 있는 것입니다.

40대가 되니 삶이 정점에 이릅니다. 소중한 자녀가 태어나고, 일과 커리어도 전성기를 달려갑니다. 간혹 친구들을 만나도 시간을 허투루 쓰기 힘듭니다. 밀도 있는 시간을 보내야 합니다. 놀기도 열심히 놀아야 하고, 맛집도 제대로 찾아내야 합니다. 그래야 서로에게 미안하지 않게 됩니다.

또 우리는 점점 신경 쓰고, 책임져야 할 것들이 늘어갑니다. 그리고 그것의 대부분은 "돈"으로 해결이 가능하다고 생각합니다. 그러니 우리 모두가 돈 벌기에 힘쓰고, 애씁니다. 돈으로는 실제로 정말 많은 문제가 해결됩니다. 그렇지만, 그렇다고 해서 돈이 만능은 아닙니다. 물론 돈이 많은 것이 좋습니다. 돈은 잘못이 없습니다. 그것을 어떻게 대하고, 어떤 관계를 맺는지의 관점일 뿐입니다. 돈과의 관계 때문에, 사람과의 관계가 멀어지거나, 틀어지면 안 된다는 말을 하고 싶습니다.

우리에게는 소중한 가족, 친구, 연인, 자녀, 돈 등이 필요합니다. 그리고 그것을 지키고 유지해야 할 책임들도 생겨 가고 있습니다. 그런데, 정작 나 자신은 어떻게 보살피고 있는 것일까요?

나 자신을 가장 먼저 보살피고, 지킨다는 것이 여전히 저에게도 이기적이라는 생각이 드는 것은, 정말 사회학습적 관점에서 제대로 가스라이팅 당했다는 생각이 듭니다.

이런 이야기들은 아무나 해 주지 않습니다. 이런 대화가 필요합니다. 같은 이야기라도 상대방이 공감하지 않으면 소용없습니다. 꼰대들의 어쭙잖은 충고가 와닿지 않는 이유가 이런 것입니다. 상대방을 진심으로 공감하고, 이해하지 않는 상태에서의 그 어떤 말도 스며들지 않습니다. 마찬가지로 받아들이는 것도 동일합니다. 마음이 열리지 않은 상태에서는 아무것도 들어가지 못합니다.

소중한 사람들과 그런 대화를 하고 싶습니다.

거창할 것은 없습니다. 소소한 일상을 나누는 것도 훌륭한 소재가 됩니다. 남의 이야기가 아닌, 나와 당신의 이야기로 채워지는 소소한 일상의 이야기들 말입니다. 특정한 목적이 없어도 순수하게 서로가 궁금하고, 그 자체로 평안한 행복을 느낄 수 있는 그런 대화 말입니다.

혼밥 만렙

2010년 즈음만 해도 혼자 밥을 먹는다는 것이 흔하지는 않았던 시대인 것 같습니다. 물론 혼자 밥을 먹을 수는 있겠지만, 혼자 외식을 즐긴다는 것은 지금처럼 대중화된 시기는 아니었습니다.

그 시기에 기억에 남는 혼밥의 장면이 있습니다. 동네에 있는 맥도널드였는데, 매장의 구조가 넓지 않은 건물이 3층으로 이어지는 구조입니다. 1층 카운터에서 주문을 받고, 2층과 3층에 테이블이 있습니다. 혼자 1층에서 주문을 하고 햄버거를 받아 2층에 올라갔는데, 만석입니다. 3층에 올라가니 다행히 빈자리가 있습니다. 학생들과 손님들이 꽤 많습니다. 혼자 앉은 사람은 저뿐입니다. 당시에는 스마트폰도 흔히 보급되지 않던 시절입니다. 그냥 혼자 다른 이들의 시선을 감당해 내야 합니다. 솔직히 다른 사람들은 큰 관심 없을 테지만 말입니다.

혼자 밥을 먹었던 일이 잦았던 저인데, 유독 2010년의 그날이 머릿속에 저장되어 있습니다. 혼밥이 보편화되기 직전의 시기라서 그런 것일까요? 그날의 기억에는 많은 사람들이 신기하거나 이상하다는 눈빛을 보낸 것처럼 느껴졌었습니다. 어쩌면 그날 유난히 외로움의 감정이 많이 묻어나서일지도 모릅니다.

그 이후로부터 지금까지 여전히 저는 혼밥을 하고 있고, 또 즐기는 수준까지 올라왔습니다. 나름대로 몇 가지 작은 도전들도 해 보고 있습니다. 애슐리나 쿠우쿠우와 같은 패밀리 레스토랑은 언제든 가기 좋은 곳이고, 무한리필 고깃집에 혼자 도전을 해 보기도 합니다. 참고로, 숯을 피우는 무한리필 고깃집은 1인 손님을 받지 않는 경우가 많습니다. 이해합니다.

영화나 드라마에서도 예전에는 혼자 밥을 먹는 장면 자체가 그 사람의 쓸쓸함과 외로움을 보여 주는 장치 같았는데,

이제는 전혀 무관한 장면이 되었습니다. 그만큼 혼밥이 보편화되었고, 또 어떤 때는 대세가 된 것 같기도 합니다.

아무튼 저는 혼자 밥을 먹는 것이 좋습니다. 스스로 혼밥 만렙이라 지칭합니다. 사실 매우 오랜 시간 동안 혼자 밥을 먹었던 시절을 보냈지만, 진정으로 혼밥을 즐기게 된 것은 얼마 되지 않습니다. 그렇기 때문에 차근차근 레벨을 쌓아 올렸다는 생각이 드는 것입니다.

처음에는 혼자 밥을 먹는 것이 싫었습니다. 함께 밥 먹을 사람이 없으면 굶더라도 말입니다. 저는 끼니를 '때우고', 먹어 '치워 버리는 것'을 정말 싫어합니다. 때우고, 먹어 치우는 식사는 없습니다. 다만 그렇게 인식하는, 그렇게 표현하는 것이 싫을 뿐입니다.

그런데 혼자 밥을 먹으면 그렇게 때우고, 먹어 치우는 모양새가 될 때가 많았습니다. 그래서 혼자 밥을 먹는 것이 싫었습니다.

그러다 이내 혼자 밥 먹는 것을 받아들이게 됩니다. 밖이든,

집이든 시간이 되면 먹어야 했습니다. 당시의 밥은 생존의 문제이기 때문입니다. 먹어야 살아갑니다. 이때부터 혼자라도 먹는 것을 즐기려는 노력을 조금씩 했었던 것 같습니다.

그리고 최근까지는 혼자 먹는 것이 당연시되기 시작했습니다. 물론 언제나 항상 혼자 밥을 먹는 것은 아닙니다. 사실 굳이 빈도수로 따지자면, 6:4 정도의 비율로 전체 식사의 혼밥의 비율이 60% 정도를 차지합니다. 가족들과의 저녁식사 자리도 늘리고, 친구들 혹은 모임 사람들과도 종종 식사 자리를 갖습니다. 그럼에도 내 식탁의 기본값은 혼밥입니다. 굳이 누군가와 함께 먹으려고 노력하지도 않고, 밥 친구를 찾지도 않습니다.

이후 당연함을 넘어 혼밥을 즐기게 되었습니다. 혼밥을 즐긴다는 것은, 그 시간과 식사의 메뉴와 그 모든 순간을 기쁘고 즐겁게 받아들인다는 것입니다.

누군가는 혼자 밥을 먹으면서 TV나 영화를 봅니다. 이 또한 즐기는 겁니다. 저도 무언가를 보면서 밥을 먹을 때가 있는데, 어떤 때는 좋고, 어떤 때는 어디에도 집중이 안 될 때가 있습니다. 그럴 때는 영상을 끄고 식사에 집중합니다.

간혹 작은 식당에 들어가면 TV가 있는 곳들이 있습니다. 그럴 때는 왜 그리 TV에 집중이 잘되는지 모르겠습니다. 평소에 잘 안 보는 프로그램도 신기하게 눈길이 갑니다.

어떤 때는 메뉴에 집중할 때가 있습니다. 유명한 맛집이라든지, 평소 먹어 보고 싶었던 메뉴를 찾아간 경우에 그렇습니다. 언젠가는 막국수에 꽂혀서 포천까지 두 시간을 운전해서 막국수를 먹으러 간 적도 있습니다. 당시에는 맛있다는 막국수 가게를 그렇게나 찾아다녔었습니다.

이제는 그 모든 순간의 분위기를 즐깁니다.
컵라면 하나를 먹더라도, 혹은 나를 위해 스스로 요리를 하더라도, 어떤 모양이라도 그 순간의 분위기를 나름의 예술로 승화시키곤 합니다. 그 순간의 느낌과 감정은 온전히 나 자신만의 것이 되는 것이지요.

지난 생일상이 그랬습니다.
저는 생일주간을 보냅니다. 생일 일주일 전 한 주간을 생일

주간으로 해서 그룹별로 생일파티를 합니다. 가족과 한 번, 친구들과 한 번, 친한 사람들과 한 번, 교회에서 한 번. 이런 식입니다. 함께 모여 밥을 먹고, 커피 한잔하고, 선물을 받고, 그런 즐거운 시간들입니다.

그리고 생일 당일에는 애슐리에 가서 혼자 밥을 먹었습니다. 그것도 바로 며칠 전 친구들과 생일 파티를 했던 옆 테이블에 자리가 배정되었습니다. 미역국도 뜨고, 좋아하는 피자, 파스타, 샐러드, 초밥 등도 접시에 담아 생일상을 차립니다. 사진도 찍어 인스타에 올립니다.

그 모든 순간이 즐거움이고, 기쁨이었습니다.

최근에는 등산을 하고, 산에서 내려와 시장이나 처음 가 보는 거리를 다니며 홀로 밥을 먹는 것도 새로운 즐거움으로 추가가 되었습니다. 싫었던 일들이 관점을 조금 바꿔서 받아들이고, 조금은 노력해 보니, 세상 즐거운 일이 됩니다.

그래서 저는 혼밥 만렙입니다.

뭘 일일이 설명해?

자존감이라는 단어가 어느 시기부터 널리 퍼졌습니다.

찾아보니 자아존중감의 줄임말이고, "자신이 사랑받을 만한 가치가 있는 소중한 존재이고 어떤 성과를 이루어 낼 만한 유능한 사람이라고 믿는 마음이다."라고 되어 있습니다. 이렇게 좋은 뜻이다 보니 너도나도 자신의 자존감을 확인하고 싶어 하고, 자존감을 올리고자 노력합니다.

자존감이 낮으면, 자연스럽게 사람들의 눈치를 많이 보게 됩니다. 타인의 감정이나 기분을 잘 살펴서 상황과 환경에 맞게 미리 준비하고, 대처하는 것은 좋은 습관이라고 생각합니다. 하지만 이런 것을 뛰어넘어서 과도하게 눈치를 보는 것은 참 피곤한 일입니다.

저에게는 직장 생활을 하던 시절부터 지금까지 이어진 습관이 있는데, 바로 톡방 칼답입니다.

개인톡은 물론이고, 단체톡방에서도 저를 언급하거나, 저에게 무언가를 물어보거나, 말을 걸면 수초 내로 답변을 합니다. 요즘 말로 반응속도가 미쳤습니다. 그 속도와 정확성을 유지하기 위해 모든 알람은 ON 상태이고, 일부러 꼭 필요한 방이 아니면 입장하지 않습니다. 그럼에도 회사에 다니는 시절에는 수많은 톡방에 들어가 있었고, 개인적인 톡들도 모두 빠르게 소화해 냈습니다. 미확인 메시지 빨간 원 안의 숫자가 남아 있는 것을 두고 보질 못합니다.

이것은 저에게 일종의 능력치이고, 자부심이기도 했지만, 지금 생각해 보면 그것은 낮은 자존감에 의해 형성된 자동화된 방어전략일 뿐이었습니다.

이런 방어전략을 가진 저와 같은 사람들은 반대의 경우에도 더 전전긍긍하고 감정의 파도가 크게 일어납니다. "나는 이렇게 빠르게 답변하는데, 이 사람은 왜 이렇게 늦게 확인하지?" 이런 식으로 말입니다. 누군가 전화를 받지 않으면 이 감정의 파도는 거의 쓰나미급으로 몰아칩니다. 그러다가 상대방이 전화를 받으면, 부글부글 끓어오른 화를 상대방에게 풀어내기 일쑤입니다. 혹은 계속 쌓아 두면서 혼자 속앓이를 하든지 말입니다. 어떤 쪽이든 건강하지 못한 삶의 방식과 태도입니다.

어린 시절부터 항상 무언가 행동하는 것에 대해 설명하면서 살아와야 했습니다. 부모님의 양육방식에 대해 원망할 수는 없습니다. 원망한다고 이미 지나간 시간에 대해 달라질 것도 없고, 우리 세대의 부모님들은 그렇게 키워야 한다고 생각했던 분들이 많으니 말입니다.

가끔은 원망이 나쁜 것이라는 것을 알면서도, 원망할 대상도 한정 짓지 못하니 더 화가 날 때가 있습니다. 어린 시절부터 이어진 이런 설명들은 2~30대를 지나 40대를 살고 있는 지금까지도 그 잔재들이 남아 있습니다. 뭔가 찜찜한 느낌이라고 할까요? 그렇다고 모든 행동에 설명을 한다고 해서 명쾌해지는 것도 아닙니다.

또 그런 요구는 부모님뿐만이 아닙니다. 과거의 여자친구, 동성친구, 직장 상사, 동료, 거래처 지인 등 누구든 그래야 할 때가 있습니다. 최근에는 동호회에서 알게 된 사람들에게도 말이지요.

"그때 왜 그랬어?"라고 시작합니다. 솔직히 무슨 얘기인지도 잘 모르겠습니다. 그때가 언제인지도 잘 모르겠습니다. 사람의 행동과 결정이 모두 일관성 있으면 좋겠지만, 순간순간의 감정에 따라 살아가는 일반적인 사람의 입에서 나오는 말과 행동이 모두 일치되기는 힘들지 않을까요?

자존감을 올린다는 것은 단순하게 갑자기 자신이 고귀한 존재라고 최면을 거는 것은 아닐 것입니다. 자신에 대해 조금 다르게 생각하고, 더 폭넓게 생각하고, 더 이해하려 하고, 더 사랑의 마음을 가지려고 노력할 때 자존감이 올라가지 않을까요?

나는 나대로, 상대방은 상대방대로, 서로에게 무언가 일일이 설명해야 할까요?

필요하다면 해야겠지요. 하지만 연락이 조금 늦었다고 해서, 행동이 느리다고 해서, "왜?"라는 질문을 붙이고, 그것에 또 하나하나 답변하기는 힘들고 피곤합니다.

나 자신에게도 마찬가지입니다.

나는 나 자신을 너무 가혹하게 몰아가고 있지는 않나요?

내가 꼭 무언가를 해야만 내가 나 자신을 인정할 수 있나요?

내가 나 자신과의 싸움에서 나를 꼭 이겨야 하나요?

나는 왜? 나 자신과 싸워야 하나요?

이것이 자존감 낮은 세계의 나와 당신의 모습일지도 모릅니다.

이제 나 자신, 당신, 그리고 이 세상에 설명하기를 포기합니다.

설명이 필요한 부분은 설명을 해야겠지요. 그러나 무엇이든 하나하나 다 설명하는 것은 포기합니다. **때론 답답하고, 오해받고, 미움받고, 멀어질 수도 있습니다. 하지만 지금 어렴풋이 알 것 같습니다. 그렇게 설명하지 않아도 나는 나를**

사랑할 수 있고, 또 그렇게 설명하지 않아도 나를 사랑해 줄 사람들은 있습니다. 그런 사람이 꼭 많지 않아도 됩니다.

이 결심이 나의 자존감을 올려 주고 있습니다.

인정의 중심부 옮겨 오기

현대 사회는 "인정 욕구"로 돌아간다고 봐도 무리가 아닙니다. 인정이 능력의 척도가 되고, 인정이 돈이 됩니다. 그 누구도 알아봐 주지 않으면, 아무것도 아닌 것이 되는 시대입니다. 그러니 어떻게든 눈에 띄어야 하고, 마음에 들어야 하고, 인기가 있어야 합니다. 그렇게 소위 "떡상"을 해야 살아남습니다.

이런 사람들을 요즘은 "관종"이라고 합니다. 그리고 저도 관종입니다.

정말 소심한 성격을 소유하고 있는 저이지만, 어디서든 제가 관종이라는 것은 인정하는 편입니다. 정도의 차이는 있겠지만, 저는 거의 대다수의 사람들이 관종이라고 생각하기도 합니다.

하지만 이제부터 누군가 나를 인정하든 말든 관계없기로 선

택했습니다. 말 그대로 항복입니다. 이것은 저에게는 참 힘든 선택이고, 어려운 훈련입니다. 그렇지만 그러기로 했습니다.

관심을 갈구하고, 인정을 갈구하는 모든 행위와 욕구 자체가 너무나 힘든 일입니다. 거센 강줄기를 거슬러 올라가려는 것처럼 말입니다. 삶의 모든 행동과 마음가짐의 시작이 타인의 인정을 위해서 살아가기는 싫어졌습니다.

타인의 인정을 갈구하는 것을 멈추기로 한 것이지, 자신의 발전을 멈추겠다는 것은 아니니까 말입니다.

나 자신이 인정하는 것으로 합의를 봤지만, 이것도 한시적입니다. 인생은 누군가 인정하고 말고의 문제가 아닌 듯합니다.

사람은 누구나 관심이 필요합니다. 그런데 관심을 받으려고만 하면, 이 삶이 너무 힘들어집니다. 그래서 반대로 관심을 주려는 삶으로 남은 인생을 살아 보겠습니다. 관심은 누구나 필요하니 이거야말로 획기적인 생각이 아닐까요?

누군가 이미 그렇게 살고 있다면, 정말 대단하다는 말씀을 드리고 싶습니다.

지적만 지적할게요

저는 한때 회사에서 문제점만 찾아내는 일을 담당한 듯 보였습니다. 온통 문젯거리를 찾아내고, 그것을 개선하는 것이 최선이라고 생각했던 시절이 있었습니다. 그러다 보니 문제 해결 능력은 꽤 인정받은 편입니다. 나름의 자부심도 있었습니다. 내 앞에 온 문제는 반드시 해결할 수 있다는 자신감 말이지요.

하나의 좋은 면은, 하나의 부작용을 동반했습니다.

저의 시야는 어느새부터인가 모든 것에서 문제점을 발견하고 있으니 말입니다. 그리고 그것에 감정적 양념이 더해지면 정말 많은 에너지가 소모됩니다. 그래서 피곤합니다. 눈에 보이는 사람들이 모두 마음에 들지 않고, 고쳐야 할 단점들만 보이고, 또 그것을 지적하고 있는 나 자신의 모습을 봄니다. 얼마나 피곤하겠습니까?

그래서 이런 나의 지적질을 고쳐야겠다고 생각했습니다. 누군가 나의 마음에 들지 않는 말이나 행동을 하더라도 그러려니 넘어가 보려고 노력을 합니다. 이것은 지금까지도 훈련 중입니다. 그런데 더 재미있는 것은 나 아닌 다른 사람들도 나와 같은 시야로 지적질을 한다는 것입니다. 그러니 저는 또 그지적을 지적해야 하는 곤란한 지경에 이르게 되었습니다.

이것은 일종의 패러독스입니다. 지적을 지적해야 하는 모순 말입니다.

다행인 것은 최근에 약간의 지혜가 생겼다는 것입니다.

지적을 바로 하지 않습니다. 은근한 비유로 하지도 않습니다. 누군가 나에게 정확한 의사를 물을 때 나의 지적의 원칙에 대해 이야기합니다. 저의 지적의 원칙은 의외로 간단합니다. 누군가 나 아닌 다른 사람이 자신의 개성을 드러내는 무엇을 하든 참견 혹은 지적하는 것을 금하는 것입니다. 나는 나 자신이 아닌 누구에게도 강요할 수 없습니다. 오직 내가 강요할 수 있는 대상은 나 자신뿐입니다. 그 강요를 타인에게 행하는 사람에게만 지적합니다. 그것도 의사를 물어볼 경우에만 말이지요.

중요한 것은 마음의 태도 아닐까요?

절대 이해하지 않으려고 마음먹은 사람을 이해시키기란 너무나 힘든 법입니다. 설득은 논리보다 감정의 영역입니다. 애초에 설득하려는 마음의 자세가 나는 설득당하지 않겠다는 마음의 자세일지도 모릅니다.

그래서 마음을 조금 더 활짝 열어 보려고 합니다. 삶과 사람들과 이 세상의 좋은 점들을 실제로 찾아보려고 합니다.

그래야 숨통이 트이지 않겠습니까?

매너 없음은 사양한다

매너의 사전적 의미를 찾아보니,

1. 행동하는 방식이나 자세
2. 일상생활에서의 예의와 절차

저는 간혹 우리가 당연히 알고 있다고 생각하는 단어들을 검색해서 사전적 의미를 따져볼 때가 있습니다. 예전 같으면 두꺼운 사전을 들고 다녀야 했겠지만, 지금은 간편하게 검색해 볼 수 있으니 얼마나 편한지 모르겠습니다.

이렇게 사전을 찾아서 의미를 되새겨 보면, 조금은 명쾌하게 생각도 정리가 되고, 내가 생각했던 것과는 다른 방향으로 시야를 확장할 기회가 생기기도 합니다. 위에서 찾아본 매너의 사전적 정의에서도 1번 항의 내용은 다시금 생각해 보게 되는 내용입니다.

저는 사람이 자신, 타인과의 관계에서 [태도]가 중요한 부분을 차지하고 있다고 믿는 사람입니다. 그런데 매너의 사전적 의미를 찾아보니 이 부분과 맞닿아 있습니다. 태도가 어떤 일이나 상황에 따른 마음과 그에 대한 자세라면, 매너는 그것에 대한 행동방식과 자세라는 것입니다.

결국 태도에 따라 매너가 결정되는 것이지요.
태도가 좋은데 매너가 좋지 않다면, 매너를 알려 줄 수 있습니다.
태도가 좋지 않은데, 매너가 좋다면, (그러기는 상당히 힘들겠지만요) 뭔가 다른 속내가 있는 것으로 보입니다. 역시나 가장 좋은 것은 태도도 좋고, 매너도 좋은 것이라고 할 수 있겠습니다.

이 글을 읽고, 누군가의 얼굴이 떠오를 수도 있습니다. 하지만 나 아닌 다른 사람을 떠올리는 것은 나 자신의 발전에 전혀 도움이 되지 않습니다. 우리는 각자의 태도와 각자의 매너를 점검해 볼 필요가 있습니다.
우리는 어디서든 매너 없는 사람들을 발견할 수 있습니다.

그들을 붙잡고 아무리 오랜 시간 설교해 봐야 소용없습니다. 차라리 그들에 대한 나의 태도를 점검하는 것이 빠릅니다.

그리고 언제든 나의 매너를 점검해 볼 필요가 있습니다.

적극적으로 외로움을 선택하는 것과, 사회로부터 소외되어 외로움에 빠지는 것은 전혀 다른 문제입니다. 혹시라도 자신이 소외되어 있다는 생각이 든다면, 자신의 태도와 매너를 먼저 점검해야 합니다. 그래야 우리에게 선택의 힘이 생깁니다.

그 선택의 힘이란, 사람들과 어울리면서 살아갈 것인지, 적극적으로 외로움을 선택해서 살아갈 것인지에 대한 권한입니다.

이 차이를 인식하는 것은 앞으로 살아갈 엄청난 힘이 되어 줄 것입니다.

외롭지만, 혼자가 편해요

국내 1인 가구 수가 750만에 이른다고 합니다. 말 그대로 "나 혼자 산다"입니다.

어떤 때는 혼자 살지 않더라도 혼자 사는 것처럼 느껴질 때도 있습니다. 각자 방에서 각자의 TV나 스마트폰을 통해 각자의 시간을 보냅니다. 그래도 가족끼리 식사는 함께하려고 합니다.

업무적으로도 사람들을 만나지만, 혼자 일을 할 때가 편합니다. 때론 사람들과 수다를 떠는 시간이 엄청나게 즐겁지만, 수다에만 정신이 팔려 있다가는 일이 진행되지 않습니다. 사람들과의 소통이 중요하지만, 자신과의 시간이 없는 상태에서 소통은 나를 더 외롭게 만드는 것 같습니다.

지금도 혼자 있는 시간들을 보내고 있습니다. 저 나름대로

조절하고 있는 시간입니다. 혼자만의 시간이 필요하다고 판단하고, 선택했기 때문입니다.

맞습니다. 이 시간은 외롭습니다.

주변을 조금 돌아보면, 나 혼자만 외로운 것은 아닙니다. 외로운 사람 천지입니다.

어떤 이들은 그 외로움을 달래기 위해 술을 마시고, 매일 사람들과 어울립니다. 반려동물을 키우기도 하고, 연애를 하고, SNS에 빠져들기도 합니다. 혹은 이 모든 것들을 한 번에 다 할 수도 있습니다.

저는 이 외로움과 함께 살아가는 법을 배워 가고 있습니다. 저도 사람들을 만나고, 강아지를 키우고, SNS도 합니다. 하지만 집착하지 않는 법을 배우려고 합니다. 그럴 수만 있다면, 이 외로움은 나에게 더없이 아늑하고 편안한 시간을 선물해 주니 말입니다.

제가 즐겨 가는 등산에서도, 동호회에서도 마찬가지입니다.

사람들과 함께하는 시간들이 얼마나 즐거운지 모르겠습니

다. 시간 가는 줄 모릅니다. 그런데 어디서나 사람이 모이고, 소통하는 시간이 길어지다 보면, 약간의 오해도 생기고, 트러블도 생기곤 합니다. 누군가는 말을 전하고, 누군가는 서운해집니다.

어쩌면 연애가 답이라고 생각할 수도 있습니다.
누군가 내 옆에 함께 있다면, 외롭지 않을 테니 말입니다. 아직 저는 잘 모르겠습니다. 지금까지의 연애들을 되돌아보니, 오히려 더 외롭고 괴로운 시간들이 많지 않았나 싶습니다. 물론 연애 중에는 행복합니다. 하지만, 그 짧은 행복감을 위해 투자되는 시간과 열정과 에너지가 너무 과도하게 들어갔던 것은 아닌가 생각해 봅니다.
미숙해서 그런 것이었겠지요. 그런데 어쩌겠습니까? 연애는 미숙해야 재미있는 맛도 있으니 말입니다. 아무튼 확실히 저는 연애에 미숙한 편입니다. 불같은 연애를 할 때에도, 각자 혼자만의 시간을 허락해 주어야 할 필요성이 있습니다.

이것이 제가 저의 외로움과 함께 살아가는 지금의 방법입니다.

지금의 방법은 언젠가 변화될지도 모릅니다. 연애를 하고, 결혼을 해서 자녀를 키우며 변화할 수도 있고, 삶의 동반자를 통해 생각이 바뀔 수도 있습니다.

하지만, 누군가 옆에 있다고 해서 혼자만의 시간이 필요 없다고 볼 수는 없을 것 같습니다.

외롭지만, 혼자가 편합니다.

2:2:6

우리 주변에 10명의 사람이 있다고 하면, 2명은 나를 좋아하고, 2명은 나를 싫어하고, 나머지 6명은 나에게 관심이 없다고 합니다. 이것이 특정한 이론적 근거가 있는 이야기인지, 누군가의 주관적 생각인지는 모르겠으나, 제법 그럴듯합니다. 그리고 이런 생각을 바탕에 깔고 동호회 등의 모임에 참석하게 되니 한결 마음이 편합니다.

아직까지 모임에서 드러내 놓고 나를 싫어하는 사람을 만나본 적은 없으나, 내가 싫은 사람도 분명 있을 것입니다. 이유는 중요하지 않습니다. 그 사람은 나를 싫어하는 2명의 부류일 뿐이니까요. 그럼 나를 좋아하는 2명도 있을 것이고, 나머지 6명은 관심 없는 사람들입니다.

나를 사랑하는 2명이 많은 집단에서 자라 왔을수록 내 안의 사랑도 더 크게 성장하지 않을까요? 반면에 나를 싫어하는 2명, 혹은 나에게 관심 없는 대다수의 6명과 함께 하는 삶은 말 그대로 "타인은 지옥이다"의 삶입니다.

저도 인간이기에 싫은 사람이 있습니다. 서로 상극입니다. 훌륭한 성품의 인격자라면 싫은 사람도 극복할 수 있겠지만, 저의 인격적 수양이 그 정도에 미치지는 못했습니다. 그렇기에 싫은 사람은 그저 피할 뿐입니다. 그런 환경과 상황들로 나를 계속 유도하는 것입니다. 싫어하는 사람과 접촉하면서, 그 사람 욕을 하는 것은 싫습니다.

혹은 어쩔 수 없이 싫어하는 사람과 함께 무언가를 해야 한다면, 최대한 현상과 진실에 비추어 진행하려고 합니다. 내가 그 사람에게 갖고 있는 주관적 감정 혹은 판단을 내려놓으려고 합니다. 물론 쉽지 않습니다. 그래도 그렇게 해야 합니다.

이것은 나에게 관심 없는 6명의 사람에게 비추어집니다.

그래서 그들이 나를 좋아하는 2명의 사람이 될지, 싫어하는 2명의 사람이 될지로 갈라집니다. 혹은 여전히 관심 없을 수도 있지요.

우리가 태어나면서 죽을 때까지 일정 수준 이상의 교류를 하는 사람이 몇 명이나 될까요?

지금 우리의 휴대폰에 저장되어 있는 사람의 수는 몇 명입니까?

아마도 평균적으로 그 정도 사람의 수를 유지하면서 플러스, 마이너스 되지 않을까요?

그들은 나에게 어떤 존재입니까? 또 나는 그들에게 어떤 존재입니까?

대다수는 서로가 관심 없는 업무적 관계, 혹은 사회적 관계일지도 모릅니다. 하지만, 그들이 언제 어떤 계기를 통해 나와 소통하면서 함께하는 관계가 될지 혹은 싫어하는 관계가 될지 모릅니다.

많은 분들이 그렇겠지만, 저 또한 경험해 보니, 한두 명의 진실된 친구가 나를 응원해 주는 것만으로도 큰 힘이 납니다. 누군가 나를 사랑하고, 나도 그를 사랑하면, 더 큰 힘이 납니다.

사람은 관심받고, 사랑받고, 칭찬받고, 지지 받는 응원의 에너지가 필요합니다. 어린 시절에는 부모님 혹은 양육자로 부터, 자라면서는 친구들과 선생님으로부터, 사회에 나와서 는 직장동료, 선-후배, 직장 상사 그리고 애인이나 배우자로 부터의 사랑과 응원의 에너지 말입니다.

어느 순간부터 우리는 사랑받지 못함을 경험한 듯합니다. 이것은 누구의 잘못도 아닙니다. 누구의 잘못도 아니기에, 그 누구라도 이 사랑 없는 고리를 끊어 낼 수 있습니다. 그 시 작은 작은 사랑을 전하는 것뿐입니다.

낯간지럽게 갑자기 부모님이나 누군가에게 사랑한다고 전 화하라는 말은 못 하겠습니다. 저도 못 합니다. 하지만, 어떻 게든 표현할 수는 있을 것입니다. 그 누구에게라도 말입니다.

우리 세대에서 사랑을 시작해 보는 이 담대한 제안을 받아들여 보면 어떨까요?

우리가 2명의 시작이 되는 것입니다.

나에게로 가는 길

삶의 바쁜 여정들을 잠시 내려놓고 나를 돌아본 지 3년이라는 시간을 꽉 채워 갑니다.

누군가는 퇴사 이후에 몇 달 만에 수익화를 한다고 하고, 또 누군가는 자신만의 포트폴리오를 만들어 멋지고 화려한 인생을 내보이기도 합니다. 때론 그런 모습들이 부럽기도 하고, 동경이 되기도 합니다.

하지만 저는 제 인생에서 지난 3년간의 시간이 온전히 저의 인생을 살게 해 줄 시작의 시간이었습니다. 너무도 행복한 시간이었고, 앞으로도 이 시간들을 지속하고 싶다는 생각이 듭니다. 만약 제가 스무 살이었다면, 딱 어울리는 시간이라는 생각도 해 봤습니다. 하지만 마흔 살을 살아가는 저에게도 꽤 어울리는 시간입니다.

사이버대학에 입학했고, 책을 읽으며, 시장 구경을 다니고, 반려견과 산책하고, 등산을 다닙니다. 반복되는 일상이지만, 새로운 세계를 만나고, 새로운 사람을 만나고, 새로운 감정을 느끼고 살아가고 있습니다.

여전히 외로운 삶도 즐기고 있습니다.

이제는 이 외로움이 외부의 요인에 의해 어쩔 수 없이 느껴지는 감정이 아닌, 나 스스로 적극적으로 선택해서 즐기는 감정입니다. 그래서 즐기고, 누린다고 생각하고 표현합니다.

그것을 가능하게 해 준 세 가지 키워드는 독서, 등산, 모임입니다. 이제 이 키워드들의 이야기들을 함께 나누어 볼까 합니다.

한때는 자연인이 부러웠던 적도 있습니다. 매일 바쁜 시간을 보내며 나의 에너지와 시간의 대부분을 회사에서 보내던 시절에 말입니다. 한적하고, 자유로워 보이는 자연인이 참 많이 행복해 보였습니다. 하지만 저는 자연인은 되지 못할 것 같습니다. 편의점과 시장을 너무 사랑하니까요. 그렇지만, 이 도시 속에서도 자연인의 자유와 행복은 즐길 수 있습니다.

저는 이 책을 통해 저를 포함한 많은 사람들이 외로움이라는 감정을 받아들이고, 때론 즐기고, 또 누리기를 바랍니다. 사람들과 함께 잘 어울리기도 하고, 혼자만의 시간도 보내는 방법들을 스스로 찾아가면서 말입니다.

제가 이 외로움을 누릴 수 있게 된 키워드는 독서와 등산과 모임이지만, 당신에게는 또 다른 키워드가 있을 것입니다. 이미 그것을 즐기고 계신 분들은 공감하실 것이고, 현재의 외로움이 감당하기 벅차신 분들은 저의 이야기들이 도움이 될 것입니다.

그리고 함께 이런 이야기들을 나눌 수 있는 사람들과 소통하는 것은 큰 즐거움입니다. 저에게도, 당신에게도 말입니다.

그리고 그 길이 나에게로 가는 길입니다.

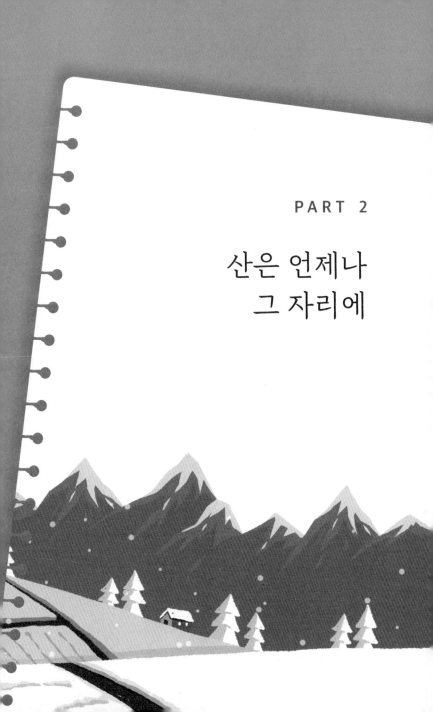

PART 2

산은 언제나
그 자리에

산으로 가는 길

이른 아침 시간. 나갈 준비를 합니다. 보조배터리와 물 두 병, 따로 마실 커피도 챙깁니다.

등산복을 입고, 땀을 흡수할 머리띠와 손수건, 모자도 챙깁니다. 선크림은 필수입니다. 날씨를 확인하고, 그에 맞는 복장들을 준비합니다. 등산화를 신고 집 앞에 나섭니다.

버스정류장에 나가면, 출근시간과 겹칠 때가 종종 있습니다. 저도 십여 년 넘게 대중교통으로 출퇴근했던 기억이 납니다. 그 시절이 있었기에 지금의 여유도 가능합니다. 지하철로 환승을 하고 목적지에 다다릅니다. 제가 가장 좋아하는 산 중의 하나인 도봉산입니다.

처음 도봉산에 오르던 날의 신선한 충격이 떠오릅니다. 지하철역에서 횡단보도를 하나 건너면 크고 작은 음식점들과 등산용품점 등이 등산로 입구까지 꽤 길게 이어져 있습니다. 김밥과 간식거리를 파는 포차도 있고, 이제는 단골이 되어 버린 옛날 통닭집과 칼국수집도 있습니다. 이제는 꽤 많은 산을 다녀보게 되었지만, 도봉산 입구만큼 매번 즐겁고 활기찬 곳도 드물다는 생각이 듭니다.

도봉산역에서 내려 횡단보도를 건너기 전에 고개를 들어 보면, 도봉산 최고봉인 자운봉이 보입니다. 일반 등산객들이 오를 수 있는 곳은 자운봉 뒤에 신선대까지입니다. 처음 도봉산을 오른 이후 수십 번을 다녀간 코스임에도 항상 산 아래에서 올려다보는 도봉산은 저에게 설렘을 선사해 줍니다. 참 멋진 산입니다.

혼자 산에 오를 때는 바로 오르기 시작합니다. 역에서부터 등산로 초입까지는 준비운동이라고 생각하면서 살짝 빠르게 걷습니다. 몸에 살짝 열이 올라야 산에 오르기 좋습니다.

산우님들과 함께 산에 오를 때는 조금 더 여유 있게 준비합니다. 약속 시간보다 조금 일찍 도착하면 더 마음의 여유를 즐길 수 있습니다.

저는 대중교통으로 산에 가는 것을 참 좋아합니다. 그러다 보니 수도권에 있는 산들은 모두 버스나 기차, 전철 등을 이용하여 다녔고, 지방에 있는 산들도 이리저리 대중교통 정보를 찾아서 다녀오곤 합니다. 최근에는 등산 모임 앱이나 안내 산악회라고 하는 등산 전용 버스 시스템도 활성화되어 있는데, 아직 한 번도 이용해 보진 못했습니다. 아직까지는 버스나 기차를 이용하는 것이 재미있습니다. 거리가 먼 곳을 갈 때는 가벼운 책도 한 권 챙겨 갑니다. 그러면 산으로 가는 모든 여정 자체가 여행이 됩니다.

거리가 멀든 가깝든 산으로 가는 길은 참 즐겁습니다. 처음 찾아가는 길은 새롭고 낯설지만, 그것이 두 번, 세 번이 되면 이전의 기억들이 추억으로 되살아옵니다. 참 신기합니다.

산에서 내려온 이후에는 맛있는 음식을 찾아다니는 즐거움도 있습니다.

도봉산은 하산 이후에 워낙 음식점이 많아서 말할 것도 없지만, 다른 산들도 그 근처 혹은 이동 중에라도 맛있는 것을 찾아내곤 합니다. 거의 매번 제가 좋아하는 김밥과 컵라면이 주를 이루긴 하지만, 간혹 특별난 것을 먹어 보기도 합니다. 특히 산우님들과 함께할 때는 뒤풀이의 규모가 점점 커집니다. 술을 잘 마시지 않는 저이다 보니 1차에서 헤어지는 경우가 다반사이지만, 가끔은 2차 이상도 따라가 봅니다. 그 모든 시간들이 즐겁기만 합니다.

산에 오르는 것도 좋지만, 이렇게 산을 오르기 위해 출발점까지 가는 것도 참 즐거운 일입니다. 어쩌면 집을 나서는 순간부터 등산이 시작된 것일지도 모르겠습니다.

이 모든 시간을 오랫동안 누리고 싶다는 생각을 또 한 번해 봅니다.

죽으러 오른 길에서 시작된 새 삶

지금은 너무나 행복한 삶의 일부이지만, 처음 산에 오를 때만 해도 저의 상황과 마음은 참담하기가 그지없었습니다. 사람은 누구나 자신의 안정된 컴포트 존을 벗어날 때 이러한 감정적 변화를 겪게 됩니다. 그 감정적 변화는 너무나 힘이 세서, 변화에 대한 거부감이 들기도 합니다.

저도 그랬습니다. 40대 초반에 이제야 회사에서 안정적인 기반을 다져 놓은 상태에서 아무리 오랜 꿈이라지만, 새로운 시작을 한다는 것은 큰 부담이었습니다.

그 시기는 전 세계적으로도 코로나19라는 인류의 재앙이자 변화의 신호탄이 날아들던 시기였습니다. 이래저래 암울한 시기였습니다. 그리고 저는 지금 생각해도 스스로 놀랍게 여기는 선택을 한 것입니다. 개인적으로 안정되고, 여러 방

면에서 만족감이 높았던 회사를 박차고 나온 것이지요.

이후에 흔히 SNS나 인터넷에서 볼 수 있는 사례들처럼 몇 달 만에 성공했다면 얼마나 좋았겠습니까? 하지만 현실의 저는 3년째 진행 중입니다.

얼마 전 인스타그램에서 저의 전작을 읽으신 분의 후기가 제 마음에 들어옵니다.

"이 책 속의 그는 그리 특별하지 않다. 하지만 앞으로의 그는 아주 특별한 사람이 되지 않을까…."

아무튼 큰 변화를 선택했음에도 그 시절 저의 현실이 크게 변화하진 않았습니다. 오히려 업무상 교류하던 사람들과도 만날 일이 적어지고, 친구들은 여전히 자신의 삶을 지켜 내야 할 것이고, 코로나19로 인해 새로운 사람들을 만나거나 교류할 수 있는 기회는 꿈도 꾸지 못했습니다. 어쩌면 저와 같은 소심쟁이들은 좋아할 만한 일이지만 그것은 어디까지나 개인적인 일이고, 책을 써서 널리 읽히고 싶다는 꿈을 위해 선택한 여정에서는 그리 좋지 않은 상황이었습니다.

이런 상황 속에서 산에 오르기 시작했습니다.

처음은 단순히 몇 년간 이루지 못했던 버킷리스트들을 실현해 보고자 하는 생각이었습니다. 당시만 해도 혼자 산을 오른다는 것은 전혀 생각도 못 했던 일입니다. 아무리 혼자 밥도 먹고, 영화도 보고, 여행을 다닌다고 해도, 산을 혼자 오른다는 것은 상당한 용기가 필요한 일이었습니다.

그래서 집에서 가깝기도 하고 친한 형님과 두어 번 올라본 수락산에 혼자 올라봤습니다. 정말 힘들더군요. 정상까지 오르면서 매 발걸음 포기하고 돌아갈까 생각했었습니다. 최근에도 함께 등산하는 산우님들이 힘들어할 때면, 저도 처음 산에 오르기 시작할 때 이백 번 정도 포기할 생각을 했다고 우스갯소리를 하곤 합니다. 지금은 농담으로 떠올리는 추억이지만, 당시에는 정말 정말 힘들었습니다.

그런데 신기한 일입니다. 몸이 힘드니 오히려 마음은 편해집니다. 마음에 힘듦을 감당해야 할 에너지가 몸이 힘든 것을 감당해야 하니 마음에 배정될 여유가 없어지나 봅니다. 그리고 힘든 산행의 정점에서 맞이하는 산의 정상과 풍경은 성취감과 시원함 등의 행복한 감정들로 보상을 줍니다.

처음 산에 오를 때 제 나름의 남다른 각오가 있었습니다.

혼자 산을 다니다가 죽을지도 모른다는 혼자만의 마음속 각오입니다. 최근에는 그런 생각까지는 안 하지만, 당시에는 정말 그렇게 생각했습니다. 그리고 그렇게 된다면, 그 또한 저의 운명으로 받아들여야겠다는 생각을 품고 산에 올랐습니다. 실제로 두어 번 이상 위험한 상황도 겪고 보니 당시의 감정적 배경들과 어우러진 저만의 각오였습니다.

알고 있습니다. 이럴 때는 "각오"라는 단어를 사용하지 않습니다. 그럼에도 제가 반복해서 "각오"라는 단어를 사용하는 것은, 당시 저의 마음속 상황을 그대로 반영해 주는 단어이기 때문입니다. 말 그대로 죽을 각오로 산에 오르기 시작했습니다. 그러다 보니 정말 위험한 상황들이 생깁니다. 길을 잘못 들어 떨어질 뻔하고, 하산길에 미끄러져 구르기도 하고, 하산 중에 일몰을 맞아 당황하기도 했습니다. 산행길이 힘들어서 산 중턱에서 오도 가도 못하고 주저앉은 적도 있으니, 지금 생각해 보면 무식하고, 무모했습니다.

그럼에도 그렇게 산을 오르다 보니 신기하게 체력이 생깁니다. 체력이 생기니 여유가 생기고, 여유가 생기니 더 주변을 돌아볼 수 있어서 그만큼의 시야가 넓어집니다. 체력과 마음의 여유는 나의 새로운 에너지원이 됩니다.

그렇게 죽을 각오로 오른 산에서 저는 새로운 삶의 에너지를 얻게 되었습니다.

이제는 그런 에너지들을 보충하기 위해 산에 오릅니다. 저에게는 산이 약이 되었고, 의사가 되었고, 친구가 되었고, 선생님이 되었습니다. 그렇게 여유가 생기니 이제는 혼산도 즐기고, 산우들과 함께하는 산행도 즐기게 됩니다.

요즘도 가끔은 나 자신을 단련하기 위한 산행을 하곤 합니다. 그 시간이 얼마나 소중하고 행복한 일인지 모릅니다. 앞으로도 오랜 세월 동안 이 행복한 여정을 이어 가 보길 소망해 보는 새로운 목표도 생기게 되었습니다.

참 재미있는 일입니다. 제가 이렇게 행복하게 산을 다닐 줄누가 알았을까요?

등산의 이유 1

처음 등산화를 사려고 고민했던 때가 생각납니다. 그때만 해도 이렇게 산에 많이 다닐 줄은 생각 못 했던 시기입니다. 그러니 고민할 수밖에 없었습니다. 괜히 쓰지도 않을 장비를 사 놓고 묵혀 두지는 않을까 하는 걱정이 들어서입니다.

결과적으로는 정말 쓸데없는 걱정이었습니다. 그 이후에 밑창이 떨어지고, 낡아서 바꾼 등산화만 여럿이니 말이지요. 고민할 필요가 없었습니다.

그만큼 등산에 열심입니다. 동호회에서도 "이 형은 온통 산 생각뿐이야!"라는 소리를 들을 정도입니다. 오르고, 또 오르고, 꽤 열심히도 다닙니다. 가까우면 가까운 대로, 멀면 먼 대로 어디든 산으로 가는 길은 매력이 있습니다.

그렇다고 매번 신나서 산으로 가는 것은 아닙니다. 거리가 먼 산에 갈 때는 새벽부터 일어나서 버스나 기차를 타야 하니, 귀찮은 마음이 들 때도 있습니다. 날이 추울 때는 일어나서 나오기도 힘듭니다. 그렇다고 누가 시켜서 하는 것도 아닙니다. 돈이 벌리는 것도 아닙니다. 그저 내가 좋아서 가는 겁니다. 어쩌면 독서 이후로 제대로 된 취미를 처음 가져 보게 된 것은 아닐까 생각해 보게 됩니다.

그렇게 산을 오르며 이런 생각을 할 때가 있습니다.
"나는 산에 왜 오를까?"

어린 시절의 저는 "산 vs 바다"라면, 무조건 바다였습니다. 물을 좋아했고, 바다에서는 놀거리, 볼거리도 많다고 생각했습니다. 산에서는 계곡이 있으면 다행이지만, 그마저도 없으면 "뭐 하고 놀까?"라고 생각했으니까요. 그리고 간혹 산에 오를 일이 있으면 [힘들다는 생각 외에는 딱히 좋은 점을 발견하지는 못했던 것 같습니다.

그런 제가 매주 한두 번 이상은 산에 오르고 있습니다. 저도 신기할 정도입니다.

정말 산에 왜 가는 것일까요? 매번 합리적인 이유를 생각해 보려고 하지만, 명확한 답이 나오진 않습니다. 그저 좋습니다.

게다가 혼자 가는 산행은 확실히 중독성이 있습니다.

물론 최소한의 안전은 확보해야 합니다. 너무 외지거나, 길이 험한 곳은 함께 다녀야 합니다. 하지만, 산은 결국 혼자 자신의 발걸음을 내디뎌야 오를 수 있는 것입니다. 함께 산을 오를 때도, 각자 자신만의 싸움을 하고 있음을 깨닫게 됩니다.

아직 명확한 답을 찾지는 못했습니다.

분명한 것은 제 인생의 끝 날까지 산은 그 자리에 있을 것이고, 저도 제 체력이 허락하는 날까지 계속 산에 오를 것이라는 것입니다. 최근에는 산에 오르면서 마주하게 되는 어르신들을 보며 그런 생각을 종종 하게 됩니다. 저도 앞으로 나이를 더 먹고 할아버지가 되어서도 그때의 속도에 맞게 천천히 계속 산에 오르고 싶다는 생각 말입니다.

이런 생각은 저를 행복하게 하는 것 같습니다. 이유를 명확하게는 몰라도 지금 좋아하는 산을 앞으로도 계속 오를 수 있으니까요. 그러고 보니 산의 가장 큰 매력은 언제나 그 자리를 지키고 서 있다는 것인지도 모르겠습니다.

산에 오르는 사람은 참 많습니다. 모두 각자의 이유와 혹은 고민과 생각을 가지고 오르겠지요. 그렇지만 우리 모두의 공통점은 자신만의 외로움을 또 자신만의 행복으로 승화시키고 싶다는 바람이 아닐까 싶습니다.

이렇게 산에 오르는 저를 부러워하는 사람도 생기지 않을까요? 확실히 저는 산에 가면 행복해질 수 있으니 말입니다.

미지의 세계

본격적으로 등산을 다니기 시작하면서, 이전보다 국내 지리에 대한 개념이 구조화되었습니다. 쉽게 말해서 예전보다 길을 잘 알게 되었습니다.

수도권에서 다닌 산들만 연결해 봐도 서울의 대략적인 그림이 그려집니다.

북한산에서 시작해서 도봉산, 사패산, 그 아래 수락산과 불암산. 강북 5산이라고 합니다. 한강을 끼고 용마산과 아차산이 있고, 옛 서울 중심부인 종로구 쪽으로는 북악산, 인왕산, 안산이 있습니다. 강 건너 아래쪽으로는 관악산과 청계산이 있고, 동쪽으로 쭉 오면 남한산성이 있습니다.

강원도, 충청도, 경상도, 전라도, 그리고 제주도까지⋯. 대한민국에는 크고 작은 산들이 3천여 곳이 있으며, 그중에는 산림청 혹은 각 자치단체, 아웃도어 회사에서 선정하는 100대 명산들도 포함되어 있습니다. 그리고 그 산의 수많은 입구들을 중심으로 마을이 있고, 상권과 유원지도 형성되어 있습니다.

군이 차를 두고 버스와 기차 등을 통해 산을 다니는 재미가 이런 곳들을 둘러보는 것에도 스며들어 있습니다. 어떤 분들은 빠르게 100대 명산 인증을 위해 일주일에 2~3군데씩 자차로 등산로 입구까지 가서 정상에 올랐다가 인증을 하고 내려오는 분들도 있습니다. 각자의 산행 스타일이 있기 때문에 서로에 대해 평가할 수는 없는 부분이지만, 저의 산행과는 결이 다릅니다. 누구나 자신이 우선으로 하는 가치가 있기에 서로를 존중해 주면 만족합니다.

저와 같은 산행 스타일은 참 번거롭고 느립니다.

매번 계획대로 산에 갈 수 있는 것도 아니고, 이동 시간도 내 맘대로 되지 않습니다. 모든 등산로의 입구까지 버스나 기차가 통행하는 것도 아닙니다. 도시에서는 분 단위로 버스의 도착시간을 알려 주고 운행 노선도 다양하지만, 시골에서는 여전히 하루에 한 대 다니는 버스도 많습니다. 등산로 입구에서 하산하는 곳까지의 산행을 포함해서 모든 과정이 여행이고, 모험입니다.

그 모든 여정이 순조롭지만은 않지만, 그래서 더 즐겁게 즐길 수가 있습니다. 버스를 잘못 타서 엉뚱한 곳에 도착할 수도 있고, 때론 산행의 일정에 차질이 생길 수도 있는 상황인데, 그 모든 순간이 즐겁습니다. 모든 곳이 낯설고, 처음 접하고, 편하지 않은 상황과 장소인데도 즐겁게 감당할 수 있습니다. 저는 그것을 "미지의 세계"라고 이름 붙여 보았습니다.

나의 인생에서도 이 "미지의 세계"를 즐길 수 있다면 얼마나 좋을지 생각해 보곤 합니다.

이 인생도 외롭고, 모호하고, 불안정하고, 계획대로 되지 않습니다. 나의 산행과 나의 인생은 그런 면에서 참 많이 닮아 있습니다. 한 가지 다른 점은 지금까지 나의 인생에서는 그런 것들을 즐기지 못했다는 점 같습니다. 산행에서는 "미지의 세계"를 즐기게 되어서, 인생으로 배워 왔으니 얼마나 다행입니까? 산행에서도 그 모호함과 불안정함을 인생의 그 것과 같이 짜증과 불만으로 터뜨렸다면, 아무것도 즐기지 못 하고, 아무것도 배우지 못했을 것입니다.

보통은 아무도 가 보지 못한 곳을 "미지의 세계"라고 표현 합니다.

하지만 그것을 조금 응용해서 삶에 적용해 보기로 합니다.

모두가 가 본 곳이라 할지라도, 내가 가 보지 못했다면 나 에게는 그 길이 "미지의 세계"입니다. 산은 나에게 그것을 알 려 주고 있습니다.

처음 가 보는 산에 가면 모든 것이 처음 만나는 세상입니 다. 풀 한 포기, 나무 한 그루, 바위 하나, 내가 밟는 모든 땅 위의 것들이 내가 태어나서 처음으로 보고, 만지고, 경험하는 것들입니다.

한때 사람들과의 관계에서도 이런 경험을 하게 된 적이 있 습니다.

새로운 그룹, 새로운 조직에서 새로운 사람들을 만나게 되 면 낯설고, 어색하고, 불편한 부분들이 존재합니다. 그러다가 한 번 보고, 두 번 보고, 지속적으로 관계를 맺다 보면 어느새 사람들과 친해지고, 서로를 위하게 되고, 걱정해 주고, 응원해 주고, 손잡아 줍니다.

이후에 또 그런 사람들을 떠나 새로운 세상의 사람들을 만나게 되면, 또 변화에 대한 거부감과 두려움이 찾아옵니다. 또 시간이 지나면 괜찮아지고, 좋아지게 될 것인데도 말입니다.

산을 통해서, "미지의 세계"의 경험을 통해서, 또 한 번 배웁니다.

혼산의 즐거움

혼자 할 수 있는 일 중에 가장 재미있는 일은 무엇일까요?

저마다 다른 답변들이 쏟아져 나올 것 같습니다. 혼자 영화를 볼 수도 있고, 여행을 갈 수도 있고, 운동을 하거나, 책을 읽는 것도 좋습니다.

때론 악기를 연주하거나, 그림을 잘 그리는 사람들이 부러운 적도 있었습니다. 오롯이 혼자 하면서도, 자신만의 세계를 즐길 수 있는 영역이라는 생각이 들어서입니다. 안타깝게도 저는 둘 다 재능이 없었지만요.

헬스나 달리기 같은 운동의 영역에서도 혼자 할 수 있는 것들이 많습니다. 그래서 한때는 그런 운동들을 찾아보기도 했고, 지금도 진행 중이지만, 쉽지가 않습니다.

그러다가 우연히 오르게 된 혼산은 저에게는 큰 즐거움입니다.

물론 등산 이외에 혼자 하는 다양한 일들이 있지만, 현재의 저에게 혼자 하는 일중에 가장 즐거운 일을 꼽으라면, 일 순위로 등산을 꼽을 것입니다. 재미있는 점은, 사람들과 함께 하는 일 중에 가장 즐거운 일 역시 등산입니다. 함께하는 등산에 대해서는 뒤에 얘기하도록 하고, 우선은 혼산의 즐거움에 대해 더 얘기해 보겠습니다.

함께 등산할 산우들이 제법 많아진 지금도 종종 혼산을 다니곤 합니다.

이제는 자주 다녀서 익숙한 수도권의 산들을 가기도 하고, 때론 처음 가 보는 먼 지방 산행을 가기도 합니다. 아직은 다닌 산보다, 안 가 본 산이 더 많은 낮은 경험치이지만, 산을 즐기고 사랑하는 마음은 한없이 커지고 있습니다. 그래서 혼자 산에 오르면 산과, 나 자신과, 함께하는 그 모든 시간들을 온전히 느끼려고 매 순간 저를 일깨우곤 합니다.

산 아래에서의 시끄러운 마음들이 처음에는 저를 괴롭히기도 합니다. 산에 오르는 모든 순간에 집중하지 못하고, 나의 마음은 정처 없이 산 아래의 것들을 떠다닙니다. 그러다가도 숨이 턱밑까지 차오르고, 심장박동이 세차게 뛰도록 힘들게 올라갈 때 즈음엔, 온전히 나 자신에게 집중하게 됩니다. 그 순간 혹은 조금 더 오르다 보면, 이 모든 것을 가능하게 해 준 산과 함께 호흡하게 됩니다. 산 아래로 보이는 풍광과 넓은 하늘은 보너스입니다.

정상을 지나 산을 내려올 때도 마찬가지입니다.

저는 정상에서 오랜 시간을 보내는 편은 아닙니다. 전체 산행의 여정에서, 정상은 목표가 아닌, 지나가는 기점입니다. 물론 특별하지만, 그 자체가 목적은 아닙니다.

이런 마음은, 하산할 때 나를 더 즐겁게 해 줍니다. 많은 분들이 산의 정상에 가면 힘든 등산이 끝났다고 생각하기도 합니다. 과거의 저도 그랬고요. 하지만, 어떤 산은 정상부터 시작이기도 합니다. 그만큼 산을 내려오는 것은, 올라가는 것만큼 중요하고 행복한 여정이고, 또 더 안전에 유의해야 하는 시간입니다.

보통 산에서 내려올 때는 다시 산 아래의 것들을 생각하게 됩니다. 달라진 것은 그것을 대하는 나의 태도와 마음가짐입니다. 문제를 갖고 산에 올랐다면, 그것이 기회가 되어서 내려올 수도 있습니다. 보통은 문제가 기도로 바뀝니다.

그리고 내려가서 무엇을 먹을까도 생각합니다. 행복한 고민의 시작입니다.

혼자 하는 백패킹이나 해외여행도 해 보고 싶다는 생각이 듭니다.

처음에 혼자 하는 등산이 저에게는 큰 도전이었던 것처럼, 이것들도 또 하나의 도전으로 다가올 것입니다. 하지만, 이제는 혼자 하는 등산이 너무나 큰 즐거움인 것처럼, 또 새로운 즐거움이 되지 않을까요?

부담 되는 도전의 뒤에는 큰 즐거움이 있다는 것을 배워 봅니다.

20만 원 초저가 제주 여행

제주행 비행기 20,800원

김포행 비행기 32,800원

게스트하우스 2박 29,000원 × 2 = 58,000원

베이글 샌드위치 7,800원

김포까지 지하철 1,750원

공항에서 게스트하우스 차비 2,500원

고기국수 9,000원

편의점 13,700원 (커피, 간식)

한라산 인증서 1,000원

한라산에서 게스트하우스 차비 1,250원

게스트하우스에서 함덕 왕복 차비 4,000원

돈짬(저녁식사) 13,000원

편의점 3,100원

김포에서 집까지 지하철 + 버스 = 1,850원

총 170,550원

9월의 어느 날.

TV를 보다가 제주도 관련 영상을 보고 갑자기 한라산에 다녀와야겠다는 생각이 들었습니다. 대한민국에서 가장 높은 산 TOP3가 한라산, 지리산, 설악산 순입니다. 지리산과 설악산은 그동안 수차례 다녀왔는데, 한라산은 한 번도 가 본 적이 없었던 것입니다.

무언가 하지 않는 이유와 핑계는 참 다양합니다. 저도 이런저런 핑계와 이유들을 스스로에게 들이대며 그동안 한라산을 가지 않았던 것인데, 문득 생각이 났습니다.

추석 명절 직전으로 기억합니다. 일단 비행기표가 엄청나게 저렴했습니다. 어지간한 고속버스 가격입니다. 그리고 한라산까지 픽업해 줄 수 있는 게스트하우스까지 예약하니 속전속결입니다.

저도 나름 디지털이 친숙한 세대이고, IT 기술에 친숙한 삶을 살고 있는데, 이 모든 여정의 예약을 스마트폰 한 대로 처리하니, 참 신기하다는 생각이 듭니다. 그리고 저처럼 계획을 오래 세우는 사람이 이렇게 무계획으로 빠르게 모든 예약을 했다는 것도 스스로 신기했습니다.

그렇게 한라산에 가야겠다는 생각이 들고, 바로 예약을 해서 2~3일 만에 바로 제주도에 가게 되었습니다. 어린 시절 외가댁 식구들이 제주도에 계셨던 적이 있습니다. 그래서 제주도 자체는 저에게 꽤 친근한 곳입니다.

오랜만에 제주에 가니 혼자 아무런 계획도 없지만 뭔가 신났습니다. 공항에 내려 아무 버스나 타고 시내에 나가 고기국수도 먹고, 주변 바닷가를 거닐다가 게스트 하우스에 들어갔습니다.

최근 산을 다니면서 게스트하우스를 이용해 보곤 하는데, 꽤 괜찮은 것 같습니다. 산장 대피소에 비하면 더할 나위 없는 시설입니다. 또 게스트하우스에서 만나는 사람들과 짧은 수다를 떠는 것도 재미라면 재미입니다. 다만 제주도 게스트하우스에서는 다음 날 모두 한라산을 등산하시는 분들이라 조용하시더군요.

첫날은 그렇게 저물었습니다. 저녁에 게스트하우스 앞 편의점 사장님이 귤을 먹어 보라고 주시면서 잠시 대화를 한 것이 기억에 남습니다.

저에게 내일 한라산에 가냐고 물어보십니다. 그렇다고 하니, 잘 다녀오라고 하시더군요.

다음 날 새벽 일찍부터 한라산을 오르기 위해 픽업차량에 올라탔습니다. 게스트하우스에서 조식도 제공해 주고, 산에서 먹을 수 있는 김밥과 물도 줍니다. 저는 오전에는 공복을 유지하기 때문에, 오후에 먹을 김밥과 물, 그리고 어제 편의점에서 구입한 컵라면을 가방에 챙겨서 픽업차량에 탔습니다.

6시 10분쯤에 한라산 관음사 입구에 하차합니다. 한라산은 입산 예약이 필요합니다. 그래서 입구에서 한 명, 한 명, 신분증 확인을 합니다. 국립공원 직원에게 신분증 확인을 마친 후 한라산 등산의 시작입니다.

코스는 관음사 코스로 올라서, 성판악으로 하산했습니다.

한라산은 많은 코스가 나무 데크와 계단 등으로 이루어졌던 기억이 납니다. 덕분에 꼭 등산화가 아니어도 오를 수 있도록 등산로가 조성되어 있습니다. 제가 오른 날은 강풍 예비특보가 발효된 날이라, 10시 이전에 삼각봉 대피소라는 곳에 다다르지 못하면, 통제가 될 수도 있다고 전날 게스트하우스 사장님이 알려 주셨습니다. 삼각봉 대피소까지 시간이 얼마나 걸릴지 모르는 초행길이다 보니 부지런히 길을 재촉했습니다.

저는 8시에 삼각봉 대피소에 도착, 9시에 정상에 올라 3시간 정도 걸렸습니다. 하산길도 재촉하여 빠르게 내려와서, 사라오름까지 모두 보고도 하산 시간이 12시쯤 되었습니다. 총 6시간이 걸렸으니 정말 빠르게 걸었습니다.

날씨는 흐리고, 강풍에, 정상 부근에서는 우박까지 떨어지는 악천후였지만, 또 그 나름의 재미가 있습니다. 개인적인 취향이지만, 저는 날씨에 크게 연연하지 않습니다. 오히려 악천후일 경우에 더 즐거운 기억으로 남기도 합니다. 그럼에도 한라산인데, 아무 경치도 보이지 않는 것은 지금도 아쉽기는 합니다. 언젠가 또 천천히 올라 볼 기회가 생기겠지요.

하산해서 게스트하우스로 가니 문이 모두 잠겨 있습니다. 다행히 식당 문은 열려 있어서 아침에 받은 김밥과 컵라면을 먹었습니다. 그리고 근처에 가 볼 만한 곳이 있는지 검색해 보다가 버스를 타고 함덕 해수욕장에 다녀왔습니다. 산 위는 비바람이 몰아쳤는데 바닷가는 포근해서, 해수욕장 운영이 끝났음에도 바닷물에 들어간 관광객이 꽤 됩니다.

그렇게 바닷가를 정처 없이 거닐다가 시내에서 저녁을 먹고 다시 게스트하우스로 돌아왔습니다. 저녁이 되니 비가 오기 시작합니다. 게스트하우스 사장님이 내일 비가 예보되어 있어서, 게스트하우스 6인실 방에 저 혼자 자야 할 것 같다고 말씀해 주셨습니다. 정말 방에 들어가 보니 아무도 없더군요. 어찌나 좋던지요.

저 혼자 6인실 게스트하우스에서 휴대폰으로 예능 프로그램도 보고, 편의점에서 간식도 사 와서 먹으면서 재밌는 시간을 보냈습니다. 사람들이 호캉스를 가는 이유를 알 것도 같습니다. 전날 잘 다녀오라고 했던 사장님이 아는 척을 해 주십니다.

"한라산 다녀오신 거예요?"

"네~"

"근데 왜 이렇게 멀쩡해요?"

뭔가 반가움의 표시 같은 인사라 기분이 좋아집니다. "다들 멀쩡하지 않나요?"라며 너스레를 떨고 웃으며 인사하고 편의점을 나왔습니다.

다음 날은 일찍 공항에 가서 갖고 간 책을 읽었습니다. 비행기가 두어 번 연착되어 예정된 시간보다 한 시간 정도 늦어졌지만, 제주 공항의 즐거운 기운을 느끼면서 책을 읽다 보니 지루한 줄도 모르겠습니다.

휴대폰 메모장에 이번 여행의 총경비를 세세하게 적어 보았습니다. 이 글의 가장 처음에 적혀 있는 금액들 말입니다.

이런 제주 여행이라면, 언제든 환영입니다.

산에서는 넉넉해요

산으로 가는 길이 언제나 즐거운 것만은 아닙니다.

때론 온갖 근심과 걱정, 고민거리를 안고 산으로 향할 때도 있습니다. 아니, 오히려 걱정과 고민이 많을 때 산으로 발길을 돌리게 됩니다. 낮은 산도 좋고, 높은 산도 좋습니다. 천천히 오랫동안 갈 수 있는 산을 갑니다.

아무리 낮은 산을 오르더라도 도시의 수많은 건물들이 내려다보입니다. 집은 펜트하우스가 아니라서 도시를 내려다볼 수 없지만, 산에서는 많은 것들을 내려다볼 수 있습니다. 위에서 바라본다고 해서 무시하는 것은 아닙니다.

시야가 넓어지니 마음도 넓어집니다. 마음이 넓어지니 산에 지고 올라온 근심과 걱정거리가 상대적으로 약해집니다.

그렇게 행복한 마음을 안고 산을 내려갑니다.

산에 내려온 이후 한동안은 넓은 마음을 유지하다가, 다시 좁아지는 것을 느끼곤 합니다. 그럴 때면 또다시 산으로 가야 합니다. 아마도 조금씩은 넓어지겠지만, 지속적으로 산에 가야 할 것 같습니다.

가끔 산에 오르면서 너무 힘들 때는 산에 있는 바위나 나무들과 대화를 하기도 합니다. 나 혼자 상상의 시간입니다. 자주 가는 등산로에서는 익숙한 듯 "오랜만이야~"라고 하기도 하고, 처음 가 보는 길에서는 마치 서로가 이 만남의 시간을 위해 기다렸다는 듯이 애절함을 담아 인사해 보기도 합니다. 그들은 말이 없지만, 저는 행복한 대화를 나눌 수 있습니다.

이러다 보니 산에서 사람을 만나면 말을 걸고 싶어지는 욕구가 엄청나게 올라옵니다. 산에서 내려가면 마주치는 수많은 사람들 중에 말을 걸게 되는 사람은 상당히 드문 일입니다. 그런데 산에서 만나는 사람들에게는 그렇게 말을 걸고 싶습니다. 그래도 먼저 말을 걸지는 않으려고 노력합니다. 마주 오시는 분들에게 등산 매너로 "안녕하세요." 하고 인사하는 정도입니다. 그것도 상황에 따라 다릅니다. 어른들에게는 인사를 잘 하는 편이고, 여성분이 혼자 다닐 때는 혹시라도 오해를 사거나 상대방이 겁이 날 수도 있기에 먼저 인사를 하지는 않습니다.

대부분 산에서는 인사를 잘 받아 줍니다. 때론 그냥 지나가 시는 분들도 계신데, 익숙하지 않거나, 못 들었거나 할 수 있 습니다. 인사를 했다고 해서 꼭 받아 줄 필요는 없습니다. 그 또한 존중해 줘야 할 개인의 가치관이니 말입니다.

어떤 분들은 간식이나 커피 등을 나누어 주시기도 합니다. 산에 오면 모두가 마음이 넉넉해지는 것 같습니다. 그렇다고 상대방의 넉넉함을 먼저 기대해서는 안 되는 것 같습니다. 그것은 산 위에서나 산 아래에서나 동일한 인간관계의 법칙 같은 것입니다. 산에서 넉넉하다고 해서 무엇인가 "당연함" 을 기대하게 되면 실망감도 커지게 됩니다.

아무튼 산에서는 몸과 마음이 넉넉해지니 좋습니다. 이제 는 산 아래에서도 그렇게 살고 싶은데, 쉽지가 않네요.

그래서 또 산에 갑니다.

인생에 한 번은 지리산으로 가자

지리산에 가 보신 적이 있으신가요?

다양한 답변이 예상됩니다. 해마다 가시는 분도 계실 것이고, 매주 가시는 분도 계실 것이고, 저처럼 몇 번 다녀오신 분도 계실 것입니다.

혹은 한 번도 안 가 보신 분도 있으리라 생각합니다. 제가 그랬으니까요.

재작년쯤에 처음 지리산을 가 봤으니 저도 마흔 살이 넘어서 처음으로 지리산을 올라 본 것입니다. 이전에는 지리산 근처도 가 본 적이 없습니다. 그저 등산을 조금씩 시작하게 되면서 언젠가 가 보리라는 막연한 동경심 같은 것이 생기긴 했으나, 생각보다 빠르게 첫 지리산을 경험했습니다.

먼저 지리산에 다녀온 등산 유튜버의 영상을 보고, 버스노선과 산 아래 게스트하우스까지 알아보고 바로 예약해서 처음 지리산을 갔던 날이 즐거운 추억으로 떠오릅니다. 평일이라 직행버스가 없어서 진주까지 버스를 타고 가서 다시 중산리로 들어가는 버스로 갈아탔습니다. 그렇게 도착한 중산리에서 하룻밤을 자고 다음 날 새벽에 지리산을 오르기 시작하여 저의 첫 지리산을 다녀오게 되었습니다.

첫 지리산은 별 계획도 없이 약간은 즉흥적으로 가게 되었고, 기대보다 큰 감흥이 없었습니다. 날은 춥고, 바람은 세고, 사람도 없고, 그저 최단 코스였음에도 등산길이 길다라는 느낌만 간직하고 돌아오게 되었습니다. 하지만 이후 한 번 더 지리산을 갔을 때와 바로 같은 달에 다녀온 지리산 화대종주에서 완전히 지리산의 매력에 빠지게 되었습니다.

두 번째 지리산의 추억은 뒤에서 나누고, 먼저 화대종주에 대한 이야기를 나눌까 합니다. 화대종주는 지리산자락 서쪽 끝에 있는 화엄사라는 절에서 시작해서, 지리산 동쪽 끝에 있는 대원사라는 절까지 지리산을 횡단하는 코스입니다.

등산로 46km, 시작점과 종료지점에서 나오는 거리까지 장장 50km에 달하는 종주 코스입니다.

코로나19 시기에는 대피소 운영을 중단하는 일이 잦다 보니 이것을 당일로 종주하시는 분들도 생겼습니다. 하지만 저는 그럴 만한 체력도 안되고, 코로나도 잠잠해지는 시기라 대피소에서 1박을 하는 코스로 다녀왔습니다.

먼저는 화엄사 아래 게스트하우스에서 1박을 하고, 다음 날 새벽부터 오르기 시작해서 대략 20km 정도를 올라 벽소령 대피소에서 또 1박을 하고, 그다음 날 남은 거리를 걸어서 천왕봉을 지나 대원사까지 하산했습니다. 전체 여정은 2박 3일이 된 것이지요.

이 2박 3일이 저에게는 정말 큰 감동으로 남았습니다.

말로만 듣던 노고단, 반야봉, 삼도봉 등을 눈으로 보고, 발로 밟으며 걸었던 시간들입니다. 특히나 첫날 새벽과 둘째 날 새벽 모두 아무도 없는 산길을 헤드랜턴의 불빛 하나에 의지하여 올라갔던 기억이 생생합니다. 어찌나 무섭던지요. 아침을 밝혀 주는 새벽의 빛이 그렇게나 반가울 수가 없었습니다. 또 한 번씩 만나는 대피소와 시원한 식수, 첫날 저녁식사로 먹은 삼겹살과 라면. 다음 날 올라간 천왕봉과 대원사 마지막 인증 스탬프자리까지…. 제 인생에서 그런 날을 또 재현할 수 있을까요?

남자들은 2년 다녀온 군대 얘기를 20년 넘게 우려먹곤 합니다. 그런데, 이제 저에게는 지리산의 2박 3일도 그만큼의 영향력이 생겼습니다.

또 가장 좋은 점은 군대는 다시 가기도 싫고, 다시 갈 수도 없지만, 지리산은 또 갈 수 있다는 것입니다. 화대종주 이후에도 산우님들과도 함께 다른 코스의 지리산을 다녀왔고, 내년에도 또 다녀오기로 약속했습니다.

혹시 이 글을 읽으시는 분 중에 이전의 저와 같이 한 번도 지리산을 가 보신 적이 없다면, 강력하게 추천드립니다. 등산을 좋아하지 않으시는 분이라 할지라도, 신체적인 어려움 때문이 아니라면, 두 발로 걷는 게 가능한 분이라면, 인생에 꼭 한 번은 지리산을 추천합니다.

왜? 하필 지리산일까요? 다른 멋진 산도 많은데 말이지요.

그것은 직접 가 보시면 알 것입니다. 저의 감동을 말이나 글이나 영상이나 어떤 것으로든 표현할 수는 있겠지만, 그 자리에서 느끼는 감동의 감정은 완전히 다를 것입니다.

특히나 마음이 외롭고, 힘들고, 어려운 시기를 지나고 있다면, 더 추천드립니다.

저처럼 종주가 아니어도 됩니다. 가장 짧은 코스로 다녀와도 좋습니다. 여건이 된다면 대피소에서 1박을 하시는 것도 좋습니다. 어떻게든 좋습니다.

그 감동을 함께 나누고 싶습니다.

지리산의 그녀

이번엔 아까 별도로 간직했던 두 번째 지리산의 추억입니다. 첫 지리산을 다녀온 이후로 1년 넘게 지리산을 가 본 적이 없습니다. 신간이 출간되는 시기라 저도 이래저래 분주했던 것도 있었고, 첫 지리산의 감흥이 강하지 않다 보니 선뜻 가 볼 생각이 들지 않았습니다.

그러던 와중에 지리산에서 하룻밤을 보내면 어떨까 하는 생각이 들었습니다. 산 아래에서의 정신과 마음이 너무나 시끄러웠습니다. 새로운 희망을 품고 시작한 일에서도 또 한 번 지쳤던 것일까요? 모든 것이 내 맘 같지 않은 그런 날들이 찾아왔습니다. 그래서 평소보다 호흡이 긴 지리산을 떠올리게 됩니다. 등산로 입구까지 내려가는 길만 하루를 소요해야 하고, 대피소까지 들르면, 최소 2박 3일을 잡아야 하니 말입니다. 인터넷으로 장터목 대피소를 예약하고, 바로 지리산으로 향했습니다.

처음 지리산에서 묵었던 게스트하우스를 떠올리니 별로 좋은 기억이 없습니다. 그래서 기억이 좋았던 진주 시내에서 숙소를 정하고, 시장도 한 바퀴 여유롭게 돌아봤습니다. 숙소를 예약하는 앱을 처음 설치해 봤는데, 평일이라 숙소 가격도 저렴하고 좋습니다. 저는 아침을 안 먹지만, 숙소에서 조식도 나옵니다. 객실도 깨끗하고, 영화도 볼 수 있어서 혼자 쉬기에 참 좋은 곳이었습니다.

다음 날 아침 일찍 진주 터미널에서 중산리로 향하는 버스를 탑니다. 기억은 잘 안 나지만, 아마도 첫 차일 것입니다. 버스에서 내리니 못 보던 편의점이 크게 생겼습니다. 잘됐다 싶어 편의점 커피를 한잔하면서 재정비를 합니다. 오늘은 산을 오르기만 하면 되니 시간이 여유롭게 느껴집니다.

날씨가 심상치 않습니다. 5월 초인데, 산봉우리는 구름이 잔뜩 끼어 있고, 산 아래에도 안개비가 추적추적 내립니다. 그래도 일단 오르기 시작합니다. 국립공원이니 위험하면 직원들이 알아서 통제합니다. 입구에 등산객들이 몇몇 보이는 것을 보니 못 올라갈 날씨는 아닙니다. 저도 천천히 산을 오르기 시작했습니다.

저는 산을 오를 때 그리 느리지는 않습니다. 엄청나게 빠른 것도 아니지만, 누군가 저를 제치고 올라가는 경우는 상당히 드문 일입니다. 그날도 배낭이 무겁기는 했어도 앞서가던 등산객분들을 한두 분씩 뒤로하며 올라가고 있었는데, 뒤쪽에서 엄청난 기운이 느껴집니다. 등산을 다니시는 분들은 아실 겁니다. 누군가 뒤에서 엄청 빠르게 치고 올라올 때 느껴지는 기운 말입니다.

한 여자분이 무척 빠르게 올라오시더군요. 그러더니 이내 저를 앞질러 가십니다. 혼자 오신 듯해서 인사도 안 하고 그저 스쳐 지나갔습니다. 국립공원 직원이거나, 앞에 일행이 있는 줄 알았습니다. 대단하다 생각하면서 또 저는 한 걸음씩 내딛습니다. 그러다 보니 앞에서 잠시 쉬고 계시더군요. 그렇게 제가 다시 앞서가고, 또 뒤로 가고, 두어 번을 반복하다가 어느새 로터리 대피소에 도착했습니다.

로터리 대피소는 천왕봉까지 심적으로 절반을 올랐다는 생각이 드는 곳입니다. 마침 비가 더 많이 내리기 시작해서 대피소에서 우비를 꺼내 입고 있었습니다. 아까 다시 뒤에서 따라오던 여자분이 저에게 뭐라고 말을 걸었습니다.

"계속 올라가실 건가요?"

처음 저는 이게 어떤 뜻인지 잘 몰랐습니다. 속으로 '당연한 걸 왜 묻지?' 생각했습니다.

그분이 다시 묻습니다. "정상까지 가실 건가요?" 제가 대답합니다. "네. 왜요?"

여자분은 혼자 등산을 왔는데, 오르다 보니 비가 많이 와서 위험할 것 같아 그냥 내려갈까 생각 중이라고 합니다. 지리산은 저처럼 두 번째 온 것이라고 합니다.

"어디서 오셨는데요?"

"서울에서요."

"멀리서 오셨는데, 정상까지 가실 거면 함께 가시죠."

올라가고는 싶은데 혼자서는 용기가 나지 않는 듯하여 제가 동행을 자처했습니다.

그렇게 갑자기 동행이 생겼습니다.

이름도 나이도 모르는 사람과 지리산에서 이런저런 대화를 하면서 산을 오르기 시작했습니다. 운동을 하셨던 분이라고 합니다. (역시….) 지난번에도 동일한 코스로 지리산에 왔었고, 오늘도 혼자 중산리 주차장에 차를 세워 두고 산을 오르는 중에 날씨가 안 좋아서 계속 포기할까 했는데, 제가 계속 올라가길래 따라서 올라왔다고 합니다. 그리고 먼저 앞서 가면 또 불안해서 제가 오는지 기다렸던 모양입니다. (대단한 체력입니다.)

그렇게 이야기를 하며 산을 오르다 보니 어느새 지리산의 정상인 천왕봉에 도착했습니다. 정상의 비바람이 엄청나게 거셉니다. 경치는 아무것도 안 보이고, 서로 정상석 인증 사진만 한 장씩 남겼습니다. 정상에서 3분도 채 머무르지 못했던 것 같습니다.

천왕봉에서 오늘의 숙소인 장터목 대피소로 가는 길까지도 동행하게 되었습니다. 뭔가 먹을 것을 챙겨 왔는지 물어보니, 음료 두 병 외에는 빈 가방입니다. 그래서 제가 챙겨 온 삼겹살이랑 라면이 넉넉하니 대피소에서 함께 먹기로 했습니다.

대피소에 도착해서 고기와 라면을 먹고 있는데 대피소에서 문자가 옵니다. 기상악화로 대피소 숙박이 취소되었다는 것입니다. 저는 이미 대피소에 있는데 말이지요. 아마도 그 시간에 산을 오르고 있는 분들을 위한 메시지였던 것 같습니다.

바로 대피소에 얘기하면 숙박이 되겠지만, 그대로 취소해 버렸습니다. 어쩌면 새로 생긴 친구와 헤어지기 싫었던 것 같습니다.

그런데 결론부터 말씀드리면, 우리는 그렇게 식사를 하고 서로 이름도, 나이도 모른 채로 서로 반대 방향으로 하산을 했습니다. 그분은 다시 중산리로, 저는 백무동 방향으로 말이지요. 서울로 가는 직행 버스를 타려면 백무동으로 하산해야 했습니다.

그분이 엄청난 미인이거나, 저의 이상형에 가까운, 그러니까 이성적으로 많이 끌리는 것은 아니었습니다. 그럼에도 하산길이 무척이나 아쉽고, 외롭더군요. 그저 너무 외로웠던 시기에 말동무가 생겨서 좋았던 것 같습니다.

네. 그게 참 좋았습니다.

남자들끼리도 말이 잘 통하는 친구가 참 좋습니다. 그런데 이날의 일을 계기로 여사친들을 만들어 보는 것도 좋겠다는 생각이 들었습니다. 그게 마음먹었다고 바로 만들어지는 것은 아니겠지만, 적어도 생각을 전환하는 데에는 크게 도움이 되었습니다.

그리고 조금이라도 기대를 동반하는 관계는 확실하게 외로움과 허전함을 더해 준다는 것도 깨닫게 되었습니다. 그렇다고 이성과의 관계에서 기대를 빼기도 힘든데 말입니다.

이름도 나이도 모르는 그분은 그렇게 신비하게 지리산에서 만나 지리산에서 헤어졌습니다.
지금 생각하면 즐거운 추억으로 웃음이 납니다.

저는 뭘 기대했던 것일까요?

등산의 이유 2

　예전에도 가끔씩 의문이 들긴 했는데, 최근에 더 "왜?"라는 의문이 강해졌습니다.

　"왜? 산에 오르는가?"라는 질문을 산을 오르며 던져 봅니다. 대부분은 산에 오르면서 답이 나옵니다. "좋으니까 산에 오지", "이래서 산에 오는 거지"라는 스스로의 질문에 대한 답이 저절로 나옵니다. 그런데 산에서 내려오거나, 다시 산에 오르기 시작하면, 또 똑같은 질문이 반복됩니다.

　저에게 등산은 혼자 가는 혼산과, 함께하는 함산으로 구분됩니다. 이것은 동일한 산을 오르는 행위이지만, 완전히 다른 차원의 행동이기도 합니다.

　먼저 혼산은 적극적으로 외로워지기 위한 선택입니다. 그 선택을 통해 신체적, 정신적으로 강해지기 위한 수양입니다. 때론 휴식이기도 합니다. 여러 가지 복잡한 문제들을 안고 산에 오르다 보면, 자연스럽게 내면이 비워지고, 문제가 해결되기도 합니다. 그런 면에서는 명상의 한 부분과도 닮아 있습니다. 때론 기도의 시간이기도 합니다. 결국은 산과 나의 시간을 통해 새롭게 살아갈 힘을 얻는 시간입니다.

산우들과 함께하는 함산은 혼산과 전혀 다른 선택입니다. 일단은 즐겁습니다. 만나기 전부터 단톡방을 만들어 이런저런 수다를 떨면서 만남의 기대감을 고조시킵니다. 때론 차량 지원을 통해 산우님들의 차로 함께 이동하기도 하고, 대중교통으로 역 입구 등에서 모이기도 합니다. 서로 인사를 나누고, 함께 산에 오릅니다. 함께 산에 오를 때는 육체적으로도 그렇게 힘들지는 않습니다. 산에 오르며 대화를 나누기도 하고, 서로 사진을 찍어 주기도 합니다.

산에서 내려와서는 함께 식사를 하고, 커피나 차 한잔을 마시기도 합니다. 때론 술자리로 이어지기도 하는데, 저는 대부분 1차 식사 자리 이후로 일어나는 편입니다. 그래도 함께 어울리는 것에는 전혀 지장이 없습니다. 단 한 번도 함께하는 산행이 즐겁지 않은 적은 없습니다.

이렇게 즐거운 함산 이후에 다음 산행을 혼산으로 선택하는 것은, 그리 쉬운 일은 아닙니다. 그래도 또 혼자 산으로 가는 길을 선택합니다. 최근에는 예전만큼 혼산을 자주가지는 못했지만, 그래도 저에게는 중요한 삶의 일부입니다.

사람들이 등산을 왜 하냐고 물어볼 때가 있습니다.

대부분은 웃어넘기지만, '꼭 이유가 있어야 하는가?'라고 생각해 보기도 합니다.

그렇습니다. 뭔가 꼭 이유가 있어야만 무엇을 할 수 있는 것은 아닙니다. 그저 좋으니까 하게 되고, 하다 보니 무언가 이유를 만드는 습관들이 생겨납니다. 결국 이유를 만들어야한다는 일종의 강박은 오랜 기간 동안 사회적으로 학습된 결과인 듯합니다.

그럼에도 질문을 던져 보는 것은 좋은 습관입니다.

새로운 시각으로, 더 넓은 시야로, 다양한 각도로 생각하다

보면 같은 행위에서도 다른 결과가 나오니 말입니다.

　다음 산행에서도 또 같은 의문을 안고 산에 오를 것 같습니다.

고수를 만나다

산에 오르면 다양한 분들을 마주하게 됩니다.

물론 산 아래에서도 다양한 분들을 마주할 수 있지요. 그런데 신기하게도 산 위에서는 서로가 조금 더 마음이 열린다고 해야 할까요?

산에서 만나는 분들께는 인사라도 하게 됩니다. 때론 서로 사진을 찍어 주기도 하고, 간식을 나누기도 합니다. 산에서 만나는 사람들은 산의 일부와 비슷하다는 느낌을 받을 때가 있습니다. 그래서 조금은 더 편안하게 사람들을 대할 수 있는 것 같습니다. 우연 같은 만남들이 힘든 산행의 즐거움이 되기도 합니다.

어느 좋은 날, 북한산 숨은벽 코스를 오르기 시작했습니다.

여름의 끝자락에서 조금씩 선선한 가을바람이 느껴지기

시작하는 산에 오르기 참 좋은 날씨였습니다. 버스와 지하철, 그리고 다시 버스를 환승해서 등산로 입구에 도착합니다. 언제 와도 좋은 북한산이지만, 처음 오르기 시작하는 시간은 항상 설렙니다.

숨은벽은 북한산의 정상인 백운대와 인수봉 사이에 숨어 있습니다. 그래서 숨은벽이라고 부릅니다. 백운대는 저 같은 일반 등산객들이 올라갈 수 있는 가장 높은 봉우리이고, 인수봉은 암벽등반을 하시는 분들이 갈 수 있는 곳입니다. 저는 숨은벽 능선을 통해 백운대로 올라가고 있는 중이었습니다.

밤골 매표소 입구를 통해 숨은벽을 올라 보신 분들은 아시겠지만, 능선을 타기 직전에 전망이 좋은 넓은 바위터가 있습니다. 시내 전경도 잘 보이고, 사진 찍기도 좋아서 종종 쉬었다 가는 곳입니다. 저도 이곳까지 올라 잠시 거친 숨을 달래며 커피를 한 모금 하고 있던 중이었습니다. 먼저 올라오신 50대쯤 돼 보이는 아저씨가 계셔서 간단하게 인사를 하고 쉬고 있었습니다.

"백운대까지 올라가시나?"

"네~"

"그럼 같이 가면 되겠네~"

아저씨의 물음에 대답만 했을 뿐인데, 느닷없이 동행을 하게 되었습니다. 혼자 조용히 산을 오르려던 저의 계획과는 달랐지만, 저도 그저 순순히 따랐습니다. 평소의 저라면 계획과 어긋나는 것을 정말 싫어하는데 말이지요. 지금 생각해도 신기하긴 합니다. 그리고 그날 이후로 생각이 더 유연해지게 된 계기도 생긴 것 같습니다.

아저씨는 산에 오르면서 이런저런 이야기를 들려주셨습니다. 북한산의 숨어 있는 코스와 능선, 그리고 지금까지 산을 다녔던 이야기들을 편안하게 해 주셨습니다. 항상 저의 산행에서는 혼자 다니거나 혹은 제가 주로 리딩을 했었는데, 누군가 이끌어 주니 이 또한 편하고 재밌다는 생각이 들었습니다. 그리고 북한산도 하도 자주 다녀서 어지간한 코스는 다 알고 있다고 생각했는데, 아저씨가 들려주시는 코스들은 생소했습니다. 물론 비탐이 많습니다. (비탐은 비법정탐방로의 줄임말로, 일반 등산객은 출입이 금지된 곳입니다.) 저는 정규 탐방로만 다니려고 노력하다 보니 비탐에는 크게 관심이 없었지만, 아저씨의 이야기들은 참 재미있고, 유익한 정보들이 많았습니다.

아저씨는 등반도 하셨는데, 인수봉도 여러 번 올라가 보셨다고 합니다.

"숨은벽 정상에 가 본 적이 있어?"

"숨은벽 정상이요? 장비 갖추고, 릿지로 올라가야 하는 곳 아닌가요?"

"거기는 숨은벽 앞으로 가는 정상이고, 뒤로 가는 정상이 있어."

"일반 등산객이 올라갈 수 있나요?"

"그럼~ 내가 안내해 줄게~"

숨은벽을 유튜브 등에 찾아보시면 압니다. 거대한 암벽으로 된 벽과 같은 산입니다. 그곳을 등산화와 손의 마찰력으로만 올라가는 것을 릿지라고 합니다. 대신 안전을 위해 미리 로프와 로프고리 등의 장비를 갖추어야 올라갈 수 있는 곳입니다. 그런데, 그 정상을 올라갈 수 있다고요? 기대 반, 설렘 반으로 아저씨를 따라 올라갔습니다.

숨은벽 뒤쪽으로 일반 등산객이 올라갈 수 있는 계곡길이 있습니다. 이곳이 숨은벽 깔딱입니다. 숨이 넘어갈 듯한 길을 15~20분 정도 오르면 깔딱의 끝에 계단이 나옵니다. 그 계단을 넘어가면 다시 내리막이고, 그렇게 백운대로 갈 수 있습니다.

저도 아저씨를 따라 깔딱을 올랐습니다. 그리고 계단을 지나 조금 가시더니 말씀하십니다.

"여기야."

"여기를 오른다고요?"

"응, 따라와."

약간 경사가 있는 바위를 올라가니 표지판이 있습니다. 저도 매번 이곳을 지나갔으나, 이곳이 길이라고 생각해 본 적은 단 한 번도 없었습니다. 다행히 비탐은 아니라고 합니다.

그렇게 올라 본 숨은벽 정상의 모습은 참 조용해서 좋았습니다. 이후 산행에서 저 혼자 올라 본 적도 있는데, 정말 조용하고 경치가 좋은 곳입니다. 아저씨 덕분에 아지트가 생겼습니다. 인수봉도 상당히 가까워 보입니다.

또 아저씨를 따라 백운대 방향으로 이동했습니다. 그리고 또 말씀하십니다.

"여기까지만 동행하자구. 성이 어떻게 되나?"

"네. 신씨입니다."

"신 선생, 반가웠네."

그렇게 악수를 청하시고는 잠시 쉬다가 하산하겠다면서 가시고, 저는 원래 계획대로 백운대에 올랐다가 반대 방향으로 하산했습니다.

지리산에서 만났던 산우님과는 또 다른 느낌의 산우님을 만나서 너무나 기분 좋은 날이었습니다. 역시나 '연락처라도 물어볼걸' 하는 생각이 들기도 하지만, 산에서 만난 인연은 또 언젠가 산에서 이어지지 않을까 하는 기대도 해 봅니다.

오랜만에 든든한 남자 어른의 모습을 산에서 만나게 되어 좋았습니다.

저도 누군가에게 그런 뒷모습으로 기억되고 싶다는 생각이 듭니다.

김밥과 라면

등산 중이나 하산해서 가장 많이 찾게 되고, 좋아하는 음식 중의 하나가 김밥과 라면입니다. 쉽게 먹을 수 있고, 무엇보다 가장 맛있다는 장점이 있습니다. 물론 저의 기준에서지만요.

예전에는 김밥, 삼각김밥, 컵라면 등은 좋아하지 않았습니다. 지금도 그렇지만, 뭔가 식사를 때운다는 느낌과 표현은 좋아하지 않습니다. 한 끼를 먹더라도, 혼자 먹더라도, 그 한 끼의 식사를 온전히 느끼면서 즐기고 싶은 것이 저의 바람입니다. 그러다 보니 간편하고 빠르게 먹을 수 있는 음식들은 좋아하지 않게 된 것입니다.

지금도 빠르게, 대충 먹는다는 생각은 안 좋아하지만, 김밥과 라면은 참 좋아합니다. 산에서 내려온 이후에 가장 맛있게 먹게 되는 음식들입니다.

그렇다고 매번 김밥과 라면만 먹는 것은 아닙니다.

북한산에서 하산하면 광장시장을 들러서 녹두전이나 칼국수를 먹기도 하고, 도봉산을 내려오면 저의 단골집인 "상구통닭"이라는 옛날 통닭집도 있습니다. 특히나 모임에서 함께 등산을 하고 내려오면, 각자의 맛집이 있어서 선택의 폭이 넓어집니다. 매번 산마다 주변의 다양한 음식들을 접해 보는 것도 등산의 재미 중 하나입니다.

그럼에도 김밥과 라면은 저의 등산 여정, 특히나 혼자 하는 등산에서 보낼 수 있는 행복한 시간의 양식들입니다.

등산을 시작하고 맞는 첫 겨울의 한 장면입니다.

도봉산을 내려와서 "상구통닭" 옆에 있는 매점 벤치에 튀김우동 컵라면을 하나 사서 앉았습니다. 어떤 코스로 다녀왔는지 정확하게 기억은 나지 않지만, 꽤 지쳐 있었습니다. 또 날이 추워서 땀이 식어 가면서 몸이 덜덜 떨릴 정도로 추웠습니다. 지금이야 경력이 쌓여서 갈아입을 옷도 준비하곤 하지만, 당시만 해도 정말 아무것도 모르고 무작정 산을 오르던 시절입니다.

컵라면 뚜껑 위에 손을 올려 온기를 느끼다가, 라면이 익었다고 생각되어 첫 젓가락으로 크게 라면 한입을 들이켰는데, 몸속 깊은 곳 어딘가에서부터 머리끝까지 "찡~" 하고 올라오는 무언가가 있었습니다. 정말 눈물이 살짝 나올 정도로 따뜻한 맛을 느꼈습니다.

군대 시절 힘든 훈련이나 행군을 끝내고 들어오면서 먹어봐야 느낄 수 있는 그런 맛입니다.

이후로도 가끔 비슷한 기분을 느낄 때가 있긴 하지만, 그 처음의 강렬함에는 도달하지 못합니다. 그 당시의 체력에서 가장 최고점을 도달했을 때 느낄 수 있는 그런 것인 것 같습니다. 지금은 당시보다 체력이 많이 좋아져서 더 힘든 산행을 해야 느낄 수 있을 것 같습니다.

똑같은 컵라면인데도 동일한 맛과 감동을 느낄 수 없습니다.

우리의 관계도 그와 비슷하지 않나 생각해 보게 됩니다.

특히나 연애에서는 더하지요. 처음의 불같은 감정과 느낌과 사랑의 마음들은 시간이 지나면서 조금씩 사그라듭니다. 그렇다고 사랑하는 마음이 사라지는 것은 아닌 것 같습니다. 저도 여전히 산에서 내려와 김밥과 라면을 즐겨 먹는 것처럼요.

　가족이든, 친구든, 연인이든, 어떠한 인간관계에도 대입할
수 있는 것 같습니다. 결국은 나의 상태가 어떠냐에 따라 상
대방을 대할 때 느껴지는 나의 감정도 달라진다는 것을 깨달
아 가곤 합니다. 물론 상대방도 사람이기에, 라면처럼 항상
일관된 맛을 낼 수는 없을 것입니다. 그래서 인간관계가 쉽
지 않습니다.

　그래도 이런 차이들을 하나씩 인식하는 것이 많은 도움이
됩니다.
　그러다 보면 이 외로움 속에서도 김밥과 라면처럼 서로 궁
합이 맞는 친구들을 한 번씩 만날 수 있지 않을까요?

힘드니까 산에 간다

산에 오르는 것은 힘든 일입니다.

예전보다 체력이 많이 좋아져서, 속도도 빨라지고, 힘들어하는 고비들도 줄어들었지만, 그럼에도 힘듭니다. 특히나 무덥고 날벌레들이 기승을 부리는 여름이나, 춥고 길이 미끄러운 겨울에는 더 힘듭니다. 또 봄과 가을은 짧습니다.

어떤 날은 길을 잘못 들어서 이리저리 헤매다가 탈진되어 쓰러지기도 하고, 다리에 쥐가 계속 올라와서 한 걸음씩마다 다리를 주무르고 때리면서 오르기도 합니다. 그리고 대부분의 경우 처음 산행을 시작해서 몸이 풀리기 전까지는 온몸에 힘이 들어가는 기분이 듭니다. 과연 오늘 끝까지 갈 수 있을까? 하는 생각이 들 정도로 힘든 날도 있습니다.

산에서 내려오면 근육을 잘 풀어 줘야 한다고 합니다. 저는 아무것도 모르다 보니 그냥 무작정 오르고 내렸습니다. 그러니 집에 오는 차에서 쥐가 나기도 하고, 집에 와서도 몸이 쑤십니다. 어떤 날은 다음 날 걷기 힘들 정도로 아플 때도 있습니다.

그런데 왜 산에 갈까요?
여전히 이것이 의문이기는 합니다. 적어도 이성적으로는 말입니다.

모든 의문은 산에 가면 풀립니다.
저에게 산 아래에서의 힘든 일들은 산 위에서는 작은 투정일 뿐입니다.

산 위에서 물리적인 시야가 트이는 것도 분명 도움이 되는 일 같습니다. 또 길을 걸으며, 분명 혼자 걷고 있는 길이지만, 그 길을 앞서 걸어갔던 수많은 사람들의 자취를 희미하게나마 느낄 수 있습니다.

등산로를 정비하고, 계단을 만들고, 안전바를 설치해 둔 사람들이 있습니다.

그것이 "길"입니다. 때론 길이 아닌 곳으로 가기도 하고, 갈 수도 있습니다. 꼭 길로만 다니라는 법은 없습니다. 산 아래에서는 이런 이념적인 것으로 소모적인 논쟁을 벌일 수도 있지만, 산에서는 단순합니다. 그저 이곳을 다닐 수 있도록 앞서갔던 사람들에 대해 감사할 뿐입니다. 힘든 길을 편하게 오를 수 있게 계단이 설치되어 있음을 감사할 뿐입니다.

산에 가면 분명 힘들지만, 그 덕분인지 산 아래에서 힘들었던 것들이 해소되는 기분을 느낄 수 있습니다. 그러다 보니 산 위에서 힘든 것을 자연스럽게 받아들이고, 때론 즐기기까지 할 수 있습니다.

실제로 산에서 엄청 힘든 시간이 찾아오면, 저 자신에게 "이러려고 산에 왔지"라는 혼잣말을 되뇌곤 합니다. 이것이 산 아래에서도 가능하려면, 얼마나 더 많은 산을 다녀야 할까요?

그렇다고 매번 힘든 산행을 하지는 않습니다.
마음의 시끄러움을 가라앉히고, 조용히 산속을 걷는 것만으로도 충분히 위로가 됩니다.

이 글을 쓰는 지금 이 순간에도 산에 가고 싶네요.

기적 같은 일상

기적이라는 단어를 참 좋아합니다.

그리고 기대합니다. 기적 같은 일들이 일어나길 말이지요.

그런데, 어떤 일이 일어나야 기적 같다고 느껴질까요? 많은 이들이 로또 당첨과 같이 경제적으로 일시에 부유해지는 것을 기적이라고 생각할지도 모릅니다. 병이 있는 사람은 빠르게 회복되는 일이 기적과 같은 일이겠지요. 무엇이든 간절한 것이 이루어지는 일들에서 기적과 같은 일을 경험하게 되는 것 같습니다.

그런 의미에서 지금의 저는 기적과 같은 일상을 보내고 있습니다. 그리고 그 중심에 "산"이 있습니다. 저의 간절함은 일종의 "성취감" 같은 감정에 메말라 있었던 것 같습니다. 누구도 알아주지 않고, 누구도 함께해 주지 않는다고 생각했던 것에 대한 현실적 증거 같습니다.

이성적, 이론적으로는 잘 알고 있습니다. 누군가에게 인정을 바라는 것은 헛된 일입니다. 누구에게 보여 주기 위해서 무엇인가를 하는 것도 허황된 일입니다. 또 누군가가 무턱대고 나와 함께할 수도 없는 일입니다. 인간관계에 있어서는 관계마다의 적정선을 지키는 것이 서로에게 좋습니다.

그런데 "산"은 다릅니다.

산의 가장 좋은 점 중의 하나는 언제나 그 자리에 있다는 것입니다. 시절과 계절에 따라 그 모습을 달리하지만, 그래도 산은 산입니다. 매우 오랜 시간 동안 그 자리에 있었고, 또 앞으로도 오랜 시간 동안 그 자리에 있을 것입니다. 동해물과 백두산이 마르고 닳으려면, 제 인생도 몇천만 번은 다시 태어나야 하지 않을까요?

아마도 실제로 눈에 보이는 것 중에 가장 크고 영원하면서도 가까이할 수 있는 것이 산이 아닐까요? 그래서 좋습니다. 그리고 저에게 이러한 산을 발견하게 되고, 산에 오르게 되고, 산에서 사람들을 만나게 되고, 그들의 이야기를 듣게 된 것이 큰 기적이 아닐까 싶습니다.

이러한 과정 속에서 성취감, 만족감 등을 얻어 갑니다.

산에서는 아픈 몸도 마음도 치유가 됩니다.

산에 적당한 높이까지 올라 준비한 도시락을 먹고 풍경을 즐기는 것도 좋겠지만, 그 정도로는 치유되는 깊이가 다를 것입니다. 가볍게 놀러 가는 것 이상의 산을 느끼고, 교감할 수 있는 것이 필요합니다. 그것의 최소한이 그 산의 정상을 오르는 것이라 생각합니다.

물론 정상에서 사진도 찍고, 그 사진을 SNS 등에 올리기도 하지만, 그것이 전부는 아닙니다. 진짜 아름다운 풍경은 눈으로 담아 가슴에 간직해야 하고, 진짜 산과 교감한 우정은 온전히 자신만의 것입니다. 그 과정에서 치유가 일어납니다.

물론 자신의 역량을 넘어서 무리하면 오히려 독이 됩니다. 산은 언제나 넉넉하게 우리를 품어 주지만, 선을 넘는 이들에게는 자비가 없습니다. 선을 지켜야 하는 것은 모든 관계에서 지켜져야 할 국룰 같습니다.

산을 알게 되고, 산에서의 시간을 즐기다 보니, 또 다른 것에서도 이런 기적들을 찾을 수 있지 않을까? 하는 기대가 생기기도 합니다. 그렇지만, 아직은 갈 수 있는 산이 넘쳐 나기에, 기적과 같은 일상의 시간들도 넘쳐 납니다. 그래도 또 새로운 가능성과 시야에 마음을 열어 둡니다.

기적은 가까이 있다는 것을 산에서 배웠습니다.

집에서 1시간 거리의 북한산을 처음 오르기까지 40년이 걸렸습니다. 정말 신기한 일이지요.

마치 성경에서 이스라엘 백성이 보름 남짓이면 갈 수 있었던 약속의 땅에 가기까지 40년이 걸린 것처럼 말입니다. 문득 40년이란 시간이 겹치니, 자연스럽게 이런 생각이 떠오릅니다.

그러니 또 다른 기적은 얼마나 가까이 있는 것일까요?

단지 나의 시야가 좁아서 보지 못하고, 작은 두려움과 망설임 때문에 손을 뻗지 못하고, 한 걸음 내딛지 못하고 있는 것은 아닐까요?

한 가지 다행인 점은 산을 다니면서 이러한 것들을 깨달았다는 것입니다.

느리지만, 시야를 넓혀 가고 있고, 두렵지만, 한 걸음씩 나아가고 있습니다.

그래서 지금의 삶은 저에게 기적과 같은 일상들입니다.

PART 3

모임에 모인
사람들

여기가 동호회야?

 직장인 시절 참 많이도 듣고, 저도 많이 사용했던 말 중의 하나가,

 "여기가 동호회야?"입니다.

 수평적인 조직문화가 보편화되고 있고, 시대도 많이 흘러서 세대의 인식도 변했지만, 여전히 많은 회사 등의 조직에서는 저마다의 조직 문화와 각종 규범들이 남아 있습니다.

 반면에 월급을 주는 것도 아닌데, 자신들이 좋아서 모임을 조직하고, 함께 어울리는 집단을 흔히 동호회라고 합니다. 그러다 보니 태생적으로 자유로운 분위기라는 느낌이 듭니다.

 그래서, 약간은 꼰대스럽지만 회사의 문화나 규범과 무관하게 생활하는 사람들을 보면, 이런 말들을 하게 되고, 때론 듣기도 했습니다.

시간이 흘러 이른 퇴직을 하고, 혼자 산에 다니다가 호기심 반, 외로움 반으로 동호회에 가입해 보게 되었습니다. 워낙에 다양하고 많은 동호회들이 있어, 그중에서 고르기도 쉽지 않은 일이더군요. 또 어딜 가나 텃세가 있으리라 생각하고, 낯선 사람들과 적응한다는 것이 항상 처음에는 마음의 저항으로 올라옵니다. 나중에는 또 좋아질 것을 알면서도 말이지요.

　그래도 하나 가입해 보았습니다.

　아무래도 등산에 관련된 동호회이다 보니 산에 관련된 이야기들을 하고, 등산 일정들이 올라오고, 재미있는 것들이 많았습니다. 그렇게 처음 용기 내어서 참석해 본 모임은 다양한 사람들을 접하게 되는 기회가 되었고, 꽤 친해진 사람들도 하나둘 생겨나게 되었습니다. 어디든 사람들이 모인 곳은 시끄러운 일들이 있지만, 때론 그런 것조차 사람 사는 모습이라는 생각에 정겹기까지 합니다. 사람들과 어울리는 것이 힘들었던 제가 이 정도로 어울리는 것을 보면, 스스로도 신기하기도 합니다.

　처음 가입했던 곳은 여러 사유로 나오게 되었지만, 여전히 그곳에서 만나게 된 분들 중에 친했던 분들과는 교류를 하고 있고, 그 이후에 가입한 동호회에서는 지속적으로 모임을 함께하며 즐거운 시간을 보내고 있습니다.

비슷한 연령대의 다양한 사람들을 오랜만에 접하게 돼 보니, 이것이 참 재미있습니다. 여전히 혼자 산을 다니지만, 모임에 올라오는 산행도 열심히 참석하고 있습니다. 상대적으로 시간을 자유롭게 사용할 수 있는 시기이다 보니 가능한 일입니다.

등산과 산이라는 주제로 사람들이 모인 곳에서는 산 위에서 모두가 평등해집니다. 산 아래에서는 각자의 삶이 있고, 각자의 자리와 역할이 있겠지만, 산 위에서는 그런 것들이 큰 의미가 없습니다. 물론, 저 혼자만의 생각일지도 모릅니다. 그래도 관계없습니다. 산에서는 그저 함께하는 산우로 만나는 것이니 말입니다.

관련해서 한 가지 장면이 떠오릅니다.
회사에 다니던 시절에는 식사할 때 막내가 젓가락이나 수 저를 놓는 일종의 관례 같은 것이 있었습니다. 저도 막내 시절에 그러했고, 이후에 연차와 직급이 쌓이다 보니 또 새로운 막내가 그런 것들을 담당했지요. 그런데 동호회에서는 그런 것이 없습니다. 서열도 없고, 직급도 없습니다. 모두가 평등합니다.

그러니 이것이 꽤 편합니다. 적어도 저에게는 말이지요. 물론 가끔 그런 대접을 원하시는 분들도 있습니다. 그런 분들에게는 맞춰 주면 됩니다. 그 또한 강제성이 있어서가 아니라, 인간관계의 차원에서 말이지요.

크게 눈치 볼 일도 없고, 서로 간 최소한의 예의만 지켜 주면 됩니다. 저는 이런 것이 좋았습니다. 다른 모임은 어떤지 모르겠지만, 제가 최근 겪어 본 동호회들은 그렇습니다. 그리고 이런 것이 동호회라는 생각도 듭니다.

등산이다 보니, 산행 일정마다 전체 일정과 인원을 이끌어 주는 산악대장 혹은 리딩자가 있습니다. 이것은 유동적입니다. 주최하는 사람이 자연스럽게 리딩자가 되는 것이니 말입니다. 저도 어쩌다 보니 첫 산행에서 리딩을 했던 적이 있습니다.

물론 동호회. 특히 등산 동호회에 대한 좋지 못한 인식들도 있습니다.

저도 다 경험해 보지 못한 영역이니 좋다, 나쁘다를 논할 만한 주제는 없습니다. 그러나 제가 겪어 본 이야기는 나눌 수 있을 것 같습니다. 겪어 보니 참 재미있고, 즐겁습니다.

새로운 사람들과의 만남은 새로운 세계로의 초대입니다.
도전 앞에서 망설이거나, 인간관계에서 돌파가 필요하신 분들에게 모임에서 겪은 저의 이야기가 도움이 되길 바라봅니다.

언젠가 농담 반 진담 반으로 이런 얘기를 했는데, 지금 적절한 것 같습니다.

"이런 게 동호회야."

느슨한 관계

어린 시절 새 학기가 시작되면, 새로운 친구들을 만나게 됩니다.

먼저 말을 걸어오는 친구도 있고, 때론 제가 먼저 말을 걸어 친해지게 됩니다. 서로 어디 사는지 묻기도 하고, 무엇을 좋아하는지 공통 관심사를 찾곤 합니다. 이런저런 수다를 떨고, 방과 후 함께 떡볶이를 먹기도 하고, 서로의 집에 놀러 가기도 합니다.

그렇게 친해진 친구들이 10대와 20대를 지나 지금까지 이어진 친구들도 여럿 됩니다. 아마도 많은 사람들이 순수했던 학창 시절의 우정을 이어 가고 있으리라 생각합니다. 여러 명이 모임을 유지할 수도 있겠고, 적게는 한두 명의 친구라도 우정을 이어 가곤 합니다.

사회에 나오면, 직장이나 이웃들과의 교류가 더 중요해집니다.

최근에는 이웃사촌이라는 말이 무색해지긴 했지만, 자영업을 하시거나, 지역 비즈니스를 하시는 분들은 여전히 이웃과의 관계가 중요합니다. 또 직장인들은 가정을 제외하고 가장 많은 시간을 보내는 곳이 직장이다 보니, 직장에서의 동료, 상사, 선후배 등 관계가 중요합니다.

이런 많은 사람과의 관계라는 것이 참 애매하고, 어렵습니다.

그래서 인터넷 게시판에는 간혹 친구나 동료의 경조사에 부조금의 액수를 문의하는 글들도 올라옵니다. 법으로 정해진 것은 아니지만, 관계성에 따른 사회적 합의를 내고 싶은 시도겠지요.

동호회에서 만나는 사람들과의 관계도 크게 다르지 않습니다.

결국 사람이 모이고, 사람이 만나고, 사람이 사귀는 곳은 어딜 가나 비슷한가 봅니다.

하지만 결정적인 차이를 하나 배우게 되었는데, 그것이 바로 "느슨한 관계"입니다.

함께 산을 다녔던 산우분이 말씀해 주시더군요.

오랫동안 모임 등을 통해 산을 다녀 보니, 사람들의 유형이 눈에 보인다고요.

1. 산 이야기만 하는 사람

    (그 외 등산 관련 장비나 다음 일정 등)

2. 친목을 중시하는 사람

    (어디 사느냐, 무슨 일 하느냐, 결혼했냐 등)

3. 무조건 이성을 만날 목적이 뚜렷한 사람

    (각종 작업 멘트)

이것이 백 퍼센트 일치한다고 볼 수는 없겠지만, 공감이 갔습니다.

그리고 저는 어떤 유형에 속할지 살펴보니, 항목별로 7:2:1의 비율인 듯합니다. 등산 모임에서 산 이야기가 빠지면 재미가 없습니다. 그래서 저는 뒤풀이도 가급적 1차 식사만 참

석하곤 합니다. 물론 친목도 중요하지요. 그 친목이 있다 보면, 어떤 때는 정말 마음에 드는 이성을 만날 확률도 있겠습니다. 하지만, 그것이 주된 목적은 아닙니다. 직장에서 마음에 드는 사람을 만나 결혼했다고 해서 회사를 다니는 이유가 이성을 만나기 위한 것은 아니듯이 말입니다.

"산"이라는 대주제가 중심에 있다 보니 "느슨한 관계"가 자연스럽게 가능해집니다.

함께 산을 다니는 산우분들이 산 아래에서 어떤 일을 하고, 어떤 삶을 사는지, 저도 사람이기에 궁금할 때가 있습니다. 하지만 그것이 중요한 것은 아닙니다. 산에서 만날 사람이기 때문에, 산 아래에서는 범죄자만 아니라면, 무슨 관계가 있겠습니까?

물론 모든 관계들이 무 자르듯 단칼에 선을 긋기는 힘든 법입니다. 그래서 "느슨한 관계"라는 말이 나오게 된 것입니다. 느슨하다는 것은 연결되지 않았다는 것이 아닙니다. 어쩌면 동호회라는 프레임 덕분에 명확한 표현을 쓸 수 있게 된 것일지도 모릅니다. 저는 이 "느슨한 관계"를 다양한 관계들에 접

목하고, 받아들이려 합니다.

등산 동호회의 중심에 "산"이 있는 것처럼, 가족의 중심에 "사랑", "신뢰", "존중", "이해" 등이 자리하고, 직장과 사업장과 모든 관계의 중심에도 각자의 키워드가 중심이 되어 "느슨한 관계"들을 유지하면 좋겠습니다.

"느슨한 관계"는 서운한 것이 아닙니다. 오히려 유연하고, 서로를 존중해 주고, 배려해 주고, 각자의 기량과 개성을 마음껏 펼쳐 낼 수 있는 관계의 돌파구라는 것을 깨닫게 되었습니다.

이 정도면, 동호회에서 배운 인간관계가 쓸 만하지 않습니까?

선 넘는 녀석들

처음 동호회 채팅방에 들어가니 정말 다양한 사람들이 있습니다.

4~50명 정도 되는 메신저방에서 서로 대화를 나누고, 등산 일정을 공지하고, 정보를 공유하는 방이었습니다. 업무 이외에 단톡방은 처음이라 어색하기도 했지만, 곧 적응이 되더군요.

여러분도 수많은 단톡방에 입장해 있으리라 생각합니다. 그렇기에, 단톡방의 특징에 대해 잘 아실 겁니다. 이곳도 크게 다르지 않았습니다. 주로 대화를 주도하는 사람이 있고, 리액션을 잘해 주는 사람이 있고, 쉬지 않고 개그를 치는 사람이 있고, 특정 주제에서만 갑자기 말이 많아지는 사람이 있고, 혼잣말처럼 자기 편한 대로 떠드는 사람도 있습니다.

4~50명이 속한 단톡방에서 주로 대화를 나누는 사람들은 시간대별로 다르기도 하지만, 주로 4~5명 정도입니다. 누군가에게 들어 보니 200명이 넘는 방에서도 비슷하다고 합니다. 항상 주도적으로 대화를 하는 사람들의 숫자는 비슷한가 봅니다.

 재미있는 것은, 그렇게 문자로 대화하다가 실제로 만난 사람들의 모습은 참 많이 달라 보였습니다. 산에서 만났다는 점도 작용했겠지만, 대부분 매너도 좋고, 친근한 분들이 많더군요.
 그리고 다시 톡방에서 만나면, 그 안에서만의 아바타가 있는 것 같았습니다.

 그래서 저도 그런 아바타를 만들어 보았습니다. 단톡방 내에서는 "아재개그"를 리액션으로 끊임없이 쏟아 내 보았습니다. 그런데, 누군가를 웃기려는 시도는 항상 후유증을 동반합니다. 간혹 미묘하게 선을 넘을 수가 있습니다. 선을 넘는 기준은 결국 상대방의 피드백에 달린 것이기에, 항시 신경을 써야 합니다. 그렇기에 서로 간에 기본적인 매너를 준수해야 하지요.

자유로운 분위기의 동호회에서도 결국 가장 중요한 것은 서로 간의 매너였습니다.

종교, 정치 성향 등의 이야기는 어디서든 금물입니다. 특히나 동호회에서는 말입니다. 또 가장 많이 싸우는 것은 금전 거래입니다. 그리고 남녀 관계에 대한 것도 빼놓을 수가 없겠지요. 마지막으로 이 모든 것을 가능하게 해 주는 것이 [뒷담화]입니다. 남의 이야기들을 전하는 과정에서 부풀려지고, 과장되는 말들은 모두가 감당하기 힘듭니다.

선을 심하게 넘는 사람들은 운영진의 권한으로 소위 "킥"을 날려 버립니다. 제가 있을 당시 방장님이 "킥"의 달인이었습니다. 단톡방에서 강퇴시키는 것입니다. 이것도 칼바람이 분다는 개그로 승화시켰던 기억이 납니다.

지금은 첫 동호회에서는 나왔지만, 짧은 기간 동안 재미있는 추억들이 많았습니다. 활성화된 단톡방이 저에게는 아직

벅찬가 봅니다. 앞으로는 적응해야 할 텐데 말입니다.

단톡방은 태생적으로 말이 많습니다.

그 말이 톡방의 생명력을 유지하는 것이니 어쩔 수 없습니다. 그런데 말이 많으면 꼭 누군가 선을 넘어 버립니다. 입장한 지 얼마 되지 않았고, 관계성이 얕은 사람이면 바로 "킥"을 날려 버리지요. 하지만, 꽤 오랜 시간 알아 왔고, 함께 쌓은 추억이 있는 사람들에게는 그리하기가 힘듭니다. 방장과 운영진들의 고민이 깊어지는 것입니다. 선을 넘는 사람들은 자신이 선을 넘고 있다는 것을 잘 모르는 것 같습니다. 하지만 이것을 방치하다 보면, 그렇지 않아도 말이 많은 곳에서 단톡방 전체가 와해될 위기가 올 수도 있습니다.

선을 넘고, 그에 대응하고, 싸우고, 반응하는 사람들은 4~5명이지만, 다른 사람들은 그것을 지켜보고 있으니 말입니다. 누군가의 싸움은 흥밋거리가 될 수도 있겠지만, 결국 유쾌한 맛은 아닙니다. 통쾌한 사이다 같은 것은 없습니다.

그래도 여전히 단톡방은 잘 운영되고 있다는 소식을 간간이 전해 듣고 있습니다.

　사람 모여 사는 곳이 어디나 그렇게 시끌벅적하다는 것을
인정하면, 또 재미있는 활력소가 될 수 있습니다.

　그래도 선은 넘지 말아야겠습니다.

외로운 진상

대부분의 날들이 평화로운 동호회의 단톡방에도 가끔씩은 커다란 파도가 몰려올 때가 있습니다. 그리고 그 파도의 진원지는 한두 명의 말로 시작되는 경우가 대부분입니다.

비교적 자유로운 회칙과 느슨한 관계, 대부분은 흘려 버리거나 대수롭지 않게 넘어가는 동호회 단톡방의 특성에도 불구하고 분란이 발생합니다. 이런 분위기와 다툼의 시작을 이끌어 가는 사람이 있는데, 저는 이런 사람들을 "진상"이라고 이름 붙이곤 합니다.

우리가 함께 살아가는 사회에서 "진상"들은 어디에나 있습니다.

인터넷 사전을 검색해 보니, ['진상'이라고 하면 직원에게

막 대하는 손님, 과도한 요구를 하면서 뻔뻔하게 구는 철면피, 꼴불견 등을 이르는 부정적인 의미로 사용된다.]라고 나와 있습니다.

우리는 일상에서 가벼운 진상에서부터, 심각한 진상들까지, 그리 어렵지 않게 만나 볼 수가 있습니다.

동호회 역시 마찬가지더군요. 심하게 진상일 경우에는 킥 혹은 강퇴를 시킬 수도 있지만, 은근한 진상들은 애매하기도 합니다. 특히나 매너 좋게 신경을 긁는 사람들은 더욱 골치 아픕니다.

이들은 왜 이러는 걸까요?

저 나름으로 상상의 나래를 펼쳐 봅니다. 그래서 내린 결론은 이들이 모두 "외롭다"입니다. 모두가 외롭지만, 특히나 그 외로움을 견디지 못하는 사람들입니다. 끊임없이 사람들의 인정을 갈구하고, 그 인정을 바탕으로 무엇이든 자신 마음대로 이끌어 가고 싶은 사람들이라는 결론을 내렸습니다(이 책에서 전하고 싶은 메시지와 정확하게 반대입니다).

스스로 외로움을 선택하지 않고, 외로움에 선택당한 것이 첫 번째 문제입니다.

내가 자발적으로 외로움을 선택하는 것과, 어쩔 수 없이 외로움에 선택당해서 외로운 것은 하늘과 땅 차이 이상으로 다른 세계입니다.

하지만 먼저 스스로 외로움을 선택하는 사람도 드뭅니다.

이 차이를 알면 위로가 될 수 있습니다. 우리는 삶에서 외로움에 선택당하는 순간이 문득 찾아옵니다. 그 시절에 우리에게 선택권이 주어집니다. 내가 주도적으로 이 외로움을 선택해서 살아갈 것인가? 혹은 나를 선택한 외로움에 잠식되어 괴로워할 것인가 말입니다.

나를 선택한 외로움에 잠식되어 괴로운 감정을 어떤 식으로 표현하느냐에 따라서도 삶의 질이 달라집니다. 가뜩이나 외롭고, 괴로운 감정의과거에 억눌려 있던 것들을 추가하게 되면, 나중에는 나 자신도 알지 못하는 감정의 괴물 덩어리가 생겨납니다. 결국에는 그 덩어리들과 나의 경계선이 희미해져서 나 자신이 그 괴물과 한 덩어리가 됩니다.

"진상"들은 이렇게 탄생하는 것이 아닐까 하고 생각해 봅니다.

결국 그 시작점은 그에게 문득 찾아온 외로움이고, 그로 인한 잘못된 선택들의 악순환의 고리에 빠진 불쌍한 영혼일 뿐입니다. 선택이 잘못된 것은 몰랐기 때문일 뿐입니다.

그 악순환의 고리를 풀 수 있는 것은 자신의 깨달음과 사랑의 시작인 것 같습니다.

어디선가는 내가 "외로운 진상"으로 비칠지도 모릅니다. 내가 누군가를 바꿀 수 있다는 것은 오만입니다. 오직 나는 나 자신의 선택을 통해 나 자신만을 변화시킬 수 있습니다.

저는 요즘 흔히 볼 수 있는 "사이다 결말"을 원하지 않습니다.

애초에 누군가에게 부당한 일이 발생하는 것도 원하지 않고, 억울한 일이 생기는 것도 원하지 않습니다. 이후에 사이다처럼 시원하게 진상들에게 한 방 먹여 주는 것도 보고 싶지 않습니다. 평화만이 지속되길 바라는 이상주의자는 아닙니다만, 내가 할 수 있는 최소한의 노력은 할 수 있지 않을까요?

문득 외로움이 찾아오는 시기에, 스스로 그것을 선택하는 첫걸음을 통해서 말입니다.

오해하세요

인간관계에서 힘든 것 중의 하나가 오해받는 일입니다.

오해를 받으면 일정한 프레임이 씌입니다. 그 프레임은 사람마다 힘의 크기를 다르게 발휘합니다. 그것에 스스로 옥죄여서 숨 막히기도 하고, 신경 쓰지 않아서 사라지기도 합니다. 대부분은 그런 오해받는 상황이 신경 쓰여서 전전긍긍하게 되지요.

저도 누군가를 오해하기도 하고, 오해도 많이 받았습니다.

그리고 오해받으면, 그것을 반드시 풀고 싶었던 시절이 있었습니다. 상대방이 나를 이상한 사람으로 생각할지도 모른다는 일종의 불안감 같은 것을 안고 살았던 것 같습니다.

동호회에서 가장 많이 받는 오해는 이성 간에 "누가 누구를 좋아한다" 혹은 "누가 누구를 싫어한다"라는 식의 오해인 것 같습니다. 모임 특성상 나이대가 비슷하고, 미혼 남녀가 많다 보니 흔하게 일어날 수 있는 오해들입니다. 어떤 것은 오해일 수도 있고, 어떤 것은 진실일 수도 있습니다.

그런 오해의 소지를 최소화하기 위한 노력을 많이 합니다.
그럼에도 오해를 하는 사람들은 오해를 합니다. 어쩌면 사고의 구조가 완전히 다른 것이 아닐까 싶을 정도로 오해를 합니다. 서로 다르다고 해서 비난할 수는 없는 문제입니다. 그렇다고 사고의 구조가 다른 사람들과는 서로 대화도 쉽지 않습니다.

그래서 이제는 그러려니 합니다.
꼭 동호회에서만 그런 것은 아니니까요. 회사에서도 그랬고, 친구들 사이에서도 그럴 수 있습니다. 다행하게도 한 직장에 오래 다니고, 친구들 사이도 오래 지속되다 보니 초반의 오해들은 자연스럽게 풀립니다. 그것이 어떤 종류의 오해가 되었든 말입니다.

혹시 당신도 오해받고 있지는 않나요?

우리 사회는 어쩌면 일종의 피해 받는 대상에게 변화를 강요하고 있는지도 모릅니다.

"네가 처신을 잘했어야지."

"오해받지 않도록 했어야지."

저도 일정 부분 꼰대이다 보니 동의하는 부분은 있습니다.

스스로 오해받지 않도록 노력해야 하는 것은 맞다고 생각합니다. 하지만 정말 밑도 끝도 없이 오해받을 때가 있습니다. 더 이상 어떻게 더 처신을 잘하고, 어떻게 더 오해받지 않도록 해야 하는지 모르겠을 정도입니다.

그럴 때는 그냥 오해받은 채로 놔두곤 합니다.

사람들은 기본적으로 타인에게 큰 관심이 없습니다. 그러다 보니 무언가 이슈거리를 만들어서 관심을 끌어 보려고 하는 것뿐입니다. 남의 말 하기를 좋아하는 사람들은 피하는 것이 좋습니다. 혹시 내가 그런 사람이라면, 차라리 말을 하지 않는 것이 더 유익합니다.

사람들이 하는 말을 분별할 때 좋은 방법이 있습니다.

그 사람이 하는 말의 의도가 사람들을 "화합"시키려는 것인지, "분열"시키려는 것인지 분간해 보면 된다고 합니다.

같은 오해라도, 혹은 사고의 구조가 달라도 그 의도는 파악할 수 있습니다. 때로는 의도가 아니라 그 결과에 초점을 맞춰야 할 때도 있겠지만, 이 책을 읽으실 정도의 교양이라면 그 정도는 상황에 따라 잘 판단하실 수 있으리라 믿습니다.

법적, 물리적으로 오해를 풀어야 하는 상황이라면, 적극적으로 해결해 가야 합니다.

여기서 말하는 오해들은 모두 심적인 오해임을 밝힙니다. 시간이 흘러서 자연스럽게 해소될 수 있는 유형들 말입니다. 때론 시간이 흘러야만 해결되는 것들도 존재합니다.

그 시간을 견뎌내지 못하고, 발버둥 치면 칠수록 상황은 더 좋지 않은 전개를 보입니다. 그러니 잘 분별해야 합니다.

다른 사람의 사고방식을 바꾸는 것은
어려운 일입니다.
다른 사람의 태도를 바꾸는 일도

쉽지 않습니다.

가장 좋은 길은
스스로 자신을 바꾸어 가는 일입니다.
그리고 습관적으로 오해하는 진상들에게는
무관심이 답입니다.

그러니 앞으로는 한마디만 하고
내 갈 길을 갑시다.

"오해하세요."

인싸 VS 아싸

어느 모임, 조직이든 그 내부에 참여해 보면 참 다양한 사람들의 모습을 볼 수 있습니다.

그중에서도 사람들과 잘 어울리고, 적극적으로 모임을 주도하는 사람들을 영어의 Insider를 줄여서 "인싸"라고 표현합니다. 반면에 상대적으로 무리에서 겉도는 사람들을 Outsider의 줄임말로 "아싸"라고 하더군요. 요즘 말은 참 재미있기도 합니다.

학교나 회사처럼 자신의 의지와 관계없이 사람들과 어울려야 하는 곳에서는 인싸와 아싸의 구분이 확실합니다.

동호회 역시 비슷한 듯하면서 조금 다릅니다.

동호회의 특성상 비자발적으로 가입하는 사람은 드물 것입니다. 일단 그곳에 가입했다는 것 자체가 사람들과 어울리고 싶다는 욕구의 표현이 아닐까 싶습니다. 요즘은 온라인 모임 등이 워낙에 활성화되어 하나의 보편적인 문화의 형태로 자리 잡았다고는 하는데, 실제적으로 제가 체감하기에 꼭 그렇지만은 않습니다. 아무튼 흔한 일만은 아닙니다.

그런 곳에 가입해서 자기소개를 남기고, 실제 모임에 참석하는 것이 저와 같은 성격의 소유자에게는 그리 쉬운 일이 아닙니다. 자신만의 큰 결단이 필요한 일입니다. 아마도 "산"이라는 커다란 이유가 아니었다면 생각도 못 했을 일입니다.

그렇게 한두 번씩 모임에 나가다 보니 어느새 사람들과 꽤 잘 어울리고 있는 나 자신을 발견합니다. 특히나 산에서는 더 많이 적극적인 저를 보면, "나도 꽤나 인싸가 되었나?" 하는 착각에 빠지곤 합니다. 네. 착각이 맞습니다. 저는 어디까지나 단편적이고, 느슨한 관계를 유지할 때, 조금은 어울릴 수 있습니다.

뒤풀이를 가 보면 확실해집니다.

사람들의 주된 관심사와 대화 주제는 때론 저의 흥미를 끌기도 하지만, 적극적으로 참여하지는 않는 편입니다. 오히려 일대일로 나누는 대화가 더 편하게 느껴집니다. 사람이 많아

질수록 피곤함이 몰려옵니다. 확실히 저는 아싸의 피가 흐르고 있는 것 같습니다.

한편으로 다르게 생각해 보면, 이 또한 구분 짓기 좋아하는 사람들의 카테고리 놀이 같기도 합니다. 인싸이든, 아싸이든 자신의 성향에 맞게 자신만의 방법으로 사람들과 함께하면 되는 것인데 말이지요. 다만 약간의 용기가 필요할 뿐입니다.

분명 사람은 혼자 살 수 없는 존재처럼 느껴집니다.

남은 인생의 외로움을 선택한 자연인조차도 좋은 사람들이 찾아오면 반겨 주니 말입니다. 관건은 얼마나 좋은 사람들과 어울릴 수 있느냐입니다. 어쩌면 어디선가의 나는 "인싸"일지도 모릅니다. 물론 대부분의 모임에서는 "아싸"를 유지하고 있지만 말입니다. 어떤 사람들과 만나느냐에 따라 다릅니다.

내가 사람들을 바꿀 수는 없지만, 만나는 사람들을 선택해서 만날 수는 있습니다. 그 사람들 속에서 나의 모습이 인싸일 수도 있고, 아싸일 수도 있지만, 어떤 모습이든 관계없습

니다. 그 속에서 내가 얼마나 평안한지가 중요합니다.

그렇게 "인싸"와 "아싸"를 오가며 사람들과 어울리는 법을
새롭게 배워 가고 있습니다.

모임중독

모임에 가입해서 활동을 시작해 보니, 이 또한 중독성이 강합니다.

처음 들어간 모임은 카카오톡 오픈채팅 모임방이었는데, 하루에도 수백 번 대화들이 이어집니다. 알람은 꺼 놓지만, 수시로 톡방을 확인해 보게 됩니다. 그러다가 대화에 참여하게 되고, 그 안에서 웃고, 울고, 싸우고, 화해하고, 사람들이 어울리는 드라마들이 펼쳐집니다.

뭐 좋습니다. 그렇게 어울리고자 동호회에 가입한 것이니까요.

그런데 이것이 점점 나의 일상을 점령해 가기 시작합니다. 아침 인사부터 시작해서 오전의 수다, 점심식사 인사, 오후 수다, 저녁시간, 밤늦게까지 이어집니다. 대화에 적극 참여하지 않고 지켜만 보는 눈팅족이 대다수이지만, 활발하게 활동하는 사람들의 수다는 끝없이 이어집니다. 하나의 주제가 끝나면, 다른 주제가 올라옵니다. 사람이 많으니 정말 끝이 없습니다.

필요할 때만 열어 보면 되는데, 저처럼 유혹과 중독에 약한 사람들은 하루 종일 휴대폰을 쳐다보고 있는 일이 잦아집니다. 환경을 통제하지 못하고 있었던 것입니다.

그래서 과감하게 모임방을 퇴장했습니다.

어쩌다 보니 부방장까지 받았는데, 그런 책임감이나 관계성도 나 몰라라 하고 나와 버렸습니다. 물론 모임방을 나온 이유가 이것 하나만은 아니겠지만, 가장 큰 원인이 "중독성"이었습니다. 정말 아무것도 할 수 없을 정도로 매달리게 됩니다. 그런 중독을 깨달았을 때는 무조건 환경을 통제해야 합니다. 저로서는 그것이 최선이었습니다.

당시 방장님과 오랫동안 활동한 분들을 보면, 필요할 때만 대화창을 잘 활용한다고 느껴졌습니다. 그것이 지혜롭습니다. 중독성이 있다고 해서 활용가치가 없는 것이 아니기 때문입니다.

저도 모임을 지혜롭게 활용해야겠다는 생각이 들었습니다.

그래서 게시판의 형태로 산행 일정이 올라오고, 일정이 잡힌 사람들만 임시적으로 단톡방을 만들어 운영했다가, 일정이 종료되면 단톡방도 사라지는 형태로 운영되는 현재의 동호회에 다시 들어오게 되었습니다.

이곳 또한 모임이기에 중독성이 없다고 할 수 없습니다. 다만 지혜롭게 활용할 수 있고, 저에게 적합한 옷이라고 생각됩니다.

모든 모임에는 중독성이 있다는 것을 깨닫게 되었습니다.
특하나 지금처럼 모두가 "외로운" 시대에는 더더욱 말입니다. 부디 저를 포함한 우리 모두가 모임에 중독되지 않고, 그렇다고 완전히 차단하지도 말고, 소중한 나 자신을 잘 지켜가면서 자신만의 모임을 지혜롭게 활용하기를 바랍니다.

흘러가는 대로 가봅시다

동호회에도 운영자가 있고, 운영진과 모임마다 개성이 담긴 회칙도 있습니다.

어느 곳이나 마찬가지겠지만, 다양한 성향과 개성을 지닌 사람들을 조직하고 이끌어 간다는 것은 쉽지 않은 일입니다.

등산 모임에서도 모임장이 있지만, 한 가지 독특한 점은 산행 때마다 리딩이 바뀐다는 것입니다. 리딩이라고 하기도 하고, 대장이라고도 합니다. 등산 모임만의 특성이 담긴 호칭입니다.

함께 갈 산을 정하고, 코스를 숙지해서 안내하고, 교통편과 식사, 뒷풀이까지, 함께하는 산행의 처음부터 마무리까지

주최해서 팀원을 모집하고, 정산까지 마무리하는 사람이 해당 산행의 리딩입니다. 간단한 근교 산행부터, 장거리 원정 산행까지, 리딩의 경력과 운영능력에 따라 코스와 산행의 즐거움도 다양합니다. 그리고 모임에 일정 참가한 경력만 있으면, 누구나 산행을 주최할 수 있는 것도 매력적인 부분입니다. 덕분에 경력이 짧은 저도 리딩을 해 보게 됩니다.

다른 분들이 리딩하는 산행에도 많이 참여합니다.

같은 산이라도 다양한 코스가 있다 보니, 각자가 다니던 코스가 다릅니다. 그러니 동일한 산에 올라도 리딩에 따라 다른 코스로 가 보게 되는 재미가 있습니다. 확실히 산이 주는 매력이 큽니다. 거기에 모임의 개성이 더해지니 즐거움이 더해집니다.

그렇게 즐겁다가도 사람이 모인 곳에서는 시끄러운 일들이 발생할 때가 있습니다.

각자의 가치관과 개성이 뚜렷한 30대부터 많게는 50대까지 모일 수 있는 곳이다 보니 말썽이 없는 것이 오히려 이상한 일일 수도 있습니다. 대부분 심각한 문제들은 아닙니다.

대화로 풀어 갈 수 있는 사소한 일입니다.

다만, 세상사의 모든 관계의 문제들이 사소한 일에서 시작함을 간과해서는 안 됩니다. 특히나 모임의 역사가 길어진 곳일수록 그럴 확률이 높은 것 같습니다. 해묵은 감정들과 새로운 회원은 모르는 지난날의 히스토리들이 얽혀서 다양한 일들이 벌어집니다.

저도 산행을 시작한 이후로 두 번째 모임에 가입하고, 짧은 시간 동안 다양한 인간관계의 경험들을 새롭게 겪으면서, 모든 상황을 거스르지 않고, 받아들이는 법을 체득하게 되었습니다.

말 그대로 흘러가는 대로 가 보는 것입니다. 예전 같으면 상상도 못 했을 일입니다. 그리고 예전의 저와 같은 모습의 사람들이 눈에 보이기 시작합니다. 흘러가는 상황을 받아들이지 못하고, 어떻게든 자신이 원하는 방향으로 끌고 가려는 모습들 말이지요.

저는 아직도 삶의 모든 영역에서 '자신의 의지대로 이끌어가는 것이 맞지 않는가?'라고 생각하는 사람입니다. 제가 즐겨 읽는 책들에서는 그보다는 "받아들이는" 태도를 권하고 있는데 말입니다. 그런데 다행하게도 동호회에서는 그것이 가능합니다. 어쩌면 삶의 한 분야씩 훈련되어 가고 있는 것인지도 모르겠습니다. 긍정적인 신호입니다.

아무튼 받아들이고, 흘러가는 대로 지켜보고, 함께 흘러가다 보니 확실히 편하긴 합니다. 비록 내면의 습관 덕분에 조금은 답답할지라도 말입니다.

그런데 그 답답함을 조금 참아 내니 오히려 흘러가는 것이 여러 면에서 효율적입니다. 가장 좋은 방법으로 내 힘은 하나도 들이지 않고 도착하는 것을 경험하곤 합니다.

책에서 배우고, 동호회에서 체득한 것을 삶으로 적용해 봐야겠습니다.

어쩌면 우린 모두 외로운가 봐

전반적으로 그러한 것인지, 저만 그런 것인지 모르겠지만, 보통은 사람이 자기 자신보다는 타인을 먼저 보게 되는 것 같습니다.

이 책의 중심 메시지가 되는 "외로움"이라는 키워드도 나 자신을 먼저 봤다기보다 몇몇 사람들의 얼굴이 먼저 떠올라서 모티브가 되었기 때문입니다.

그렇게 시작된 연상작용과 개인적인 삶의 기억, 책, 영화, 영상 등 다양한 콘텐츠들의 인풋 과정을 거쳐 일상의 삶, 등산, 명상, 기도, 사람들과의 관계 등에 의한 융합과 재가공, 그로 인한 인사이트를 통해 두루뭉술하게 머릿속을 떠다니던 개념들이 하나하나 단어와 문장으로 탄생하여 한 권의 책이 되어 갑니다.

이 챕터가 왜 모임의 카테고리에 들어가는지 의문이 드실 수도 있습니다.

저도 그렇긴 합니다. 프롤로그나 에필로그에 더 어울리는 장일지도 모릅니다. 하지만 저의 마음은 이번 장이 모임의 범주에서 시작했음을 알고 있습니다.

20대 시절에 찾아온 지독한 외로움 앞에 저는 그대로 잠식되고 말았었습니다.

그래서 언제나 인정을 갈구하고, 때론 그 인정을 바탕으로 내 맘대로 하고 싶은 욕구들을 키워 가면서도 해갈되지 않는 갈증으로 "외로운 진상"이 되기도 했었습니다.

30대에는 진상이라는 괴물까지 억눌러 놓다 보니 결국에는 "나는 누구인지?", "내가 원하는 것은 무엇인지?", "왜 일을 하는지?" 아무것도 알지 못하는 채로 그저 흘러가는 흐름을 제대로 받아들이지도 못하고, 거스르는 듯한 힘겨운 삶을 살아왔습니다. 그 와중에도 다행인 것은 좋은 사람들을 많이 만났고, 믿음의 신앙을 놓지 않았고, 내가 설정한 최소한의 선을 넘지 않으려고 노력하면서 살았다는 것입니다.

그렇게 40대가 되었습니다.

그리고 또 찾아온 외로움 앞에서, 저는 그것을 받아들이기로 했습니다. 때론 그것을 즐기게 되었고, 이제는 그것을 적극적으로 선택해서 내 삶의 새로운 힘으로 만들어 가고 있습니다.

저도 타인을 먼저 보았다고 했지요?

그렇습니다. 수많은 "외로운 진상"들과, 그 외로운 진상을 억눌러 놓은 사람들을 보게 되었습니다.

외로움의 순간은 누구에게나 찾아오는 듯합니다. 그러나 그것을 받아들이는 것은 사람마다 매우 다양한 차이를 보입니다. 모두가 진상이 되는 것이 아닌 것처럼 말입니다.

외로움을 달래기 위한 수단들은 정말 많습니다. 그런 유혹의 선상에서 견뎌 내는 것도 쉽지 않은 일입니다. 하지만, 근본적인 해결 없이 수단만을 찾아 헤매는 것은 아무 소용 없어 보입니다. 연애와 결혼이 해결해 주는 것도 아닙니다. 근본적인 외로움은 잠시 잊히고, 달래지는 듯하다가도 언젠가 다시 찾아옵니다.

"나는 외롭지 않아"라고 말하는 사람이 어쩌면 가장 외로운 사람이 아닐까요?

자신의 외로움을 인정하고, 그것을 받아들이는 것이 현명해 보입니다.

어쩌면 당신은 지금 정말 외롭지 않을지도 모릅니다. 그러길 바랍니다.

하지만 어쩌면 우린 모두 외로운 것이 아닐까요?

그 누구도 예외 없이 말입니다. 단지 그것을 받아들이는 자세가 다를 뿐입니다. 진정으로 삶의 근원적인 외로움을 극복하는 방법은 자신을 사랑으로 가득 채우는 방법 외에는 아직 발견한 것이 없습니다.

방법을 안다고 해서 실제로 적용하는 것에는 충분한 시간과 훈련이 필요할 것입니다.

외로움의 시간에 스스로의 위안을 위해 적어 본 글귀로 이번 장을 마무리해 봅니다.

소박한 한 끼 식사에 만족할 수 있다면,

혼자 보내는 시간을 즐길 수 있다면,

모든 것을 잃어도 내 마음을

지켜 낼 수 있다면….

이 외로운 삶을 감당할 수 있을 것이다.

PART 4

책, 영원한 친구

책이 좋아요?

등산과 독서는 공통점이 있습니다.

좋아하는 사람은 무척 좋아하는 반면에, 싫어하는 사람은 굉장히 싫어합니다.

물론 두 가지 모두 유익한 활동이라는 것에는 대부분 동의합니다. 하지만 본인이 직접 하기에는 힘들다고 생각합니다. 그러니 권하기도 쉽지 않습니다. 주말에 연락해서 등산 가자고 하는 부장님을 좋아할 사람이 얼마나 될까요?

저에게는 등산과 독서 모두 외로움의 시기에, 그것에 잠식되지 않고 내가 주도적으로 그 외로움의 시간을 선택할 수 있는 힘을 갖추게 해 주는 큰 무기입니다.

누구나 자신도 모르는 사이에 이런 무기 한둘쯤은 갖추었기 마련입니다. 어떤 이는 종교적 신앙의 힘이 무기일 것이고, 또 누군가는 저와는 다른 취미를 갖고 있을 수 있습니다. 그것이 무엇이든 외부적인 인정을 바라는 것이 아니라, 자신과의 깊은 사귐을 통해 외로움의 시간을 인생의 자양분으로 만들 수 있다면, 좋을 것입니다.

특히 책은 그런 면에서 가장 빠르고 비교적 손쉽게 나 자신과의 시간을 보낼 수 있게 해 주는 무기입니다. 언제 어디서든 책 한 권을 들고 다니면, 펼쳐 볼 수 있으니 말입니다. 대중교통을 기다리는 정류장에서, 나만의 아지트로 설정한 작은 카페에서, 집에서, 혹은 그 어떤 곳이든 말이지요. 그래서 책이 좋습니다. 스마트폰 화면 속의 수많은 즐거움과 다양한 세계들의 유혹이 강렬합니다. 그럼에도 책 속의 깊은 세계와는 비교가 되지 않습니다.

한 가지 예를 들어 보자면, 등산을 하면서 산 위에서 정말 멋진 절경을 볼 때가 있습니다. 그럴 때마다 스마트폰 카메라로 열심히 찍어 보지만, 나의 눈으로 보는 것과 같은 감동은 절대 담기지 않습니다. 그럴 때 함께한 산우가 이런 말을 하더군요. "눈으로 담고, 가슴에 담아야지요." 맞습니다. 스마트폰에 담긴 사진은 그때의 감동을 회상해 줄 도구일 뿐, 그 자체로 감동이 되지는 않습니다.

아무리 기술이 발달했다 하더라도, 아직까지는 우리 뇌 속에서 구성하는 환상적인 모습을 스마트폰 화면에서 구현하기는 힘듭니다. 그러니 우리가 책을 읽고, 그로 인해 우리의 뇌가 우리의 마음속에 그려 가는 세계의 모습은 스마트폰 화면의 세계보다 더 감동적일 수밖에 없습니다.

물론 처음부터 그러긴 힘듭니다. 그러니 여전히 스마트폰의 인기가 더 높겠지요.

하지만 스마트폰 속의 세계가 패스트푸드라면, 책 속의 세계는 미슐랭 가이드 3스타 레스토랑의 스테이크와 같은 만찬입니다. 저도 햄버거와 피자 같은 음식을 좋아합니다. 그렇다고 매일 그것만 먹을 수는 없지 않겠습니까? 고급 레스토랑에서 분위기 있게 신선한 재료로 정성껏 만든 만찬도 즐기면서 살면 얼마나 좋겠습니까?

책을 펼치면, 저의 세계가 그렇게 고급스러워집니다. 이 안의 세계는 누구도 침범할 수 없고, 누구도 빼앗아 갈 수 없습니다. 그러니 책을 좋아하지 않을 수 없습니다.

내가 선택한 외로움이

이 세계의 문이 되어 줍니다.

최고의 수면제

의외로 수면제를 복용하는 사람들이 많은 것을 알고 깜짝 놀란 적이 있습니다.

저도 한때 잠이 오지 않아 고생했던 시기가 있습니다. 군 복무 시절에는 머리만 대면 잠이 들 정도였는데 말이지요. 이런저런 생각이 꼬리에 꼬리를 물고 올라오면 걷잡을 수 없 는 생각의 나래들이 펼쳐집니다. 대부분 그렇게 쓸모 있는 생각들도 아닌데 말입니다.

그러다가 휴대폰이라도 한번 들여다보기 시작하면 정말 끝이 없습니다. 잠은 다 잔 셈입니다. 그래서 최근에는 잠자 리에 들기 이전 일정 시간을 두고 전자 기기를 멀리하려고는 하는데, 쉽지 않습니다. 밤 10시 이후로는 휴대폰의 방해금 지 설정도 해 두었는데, 아예 전원이 꺼졌다가 다시 켜졌으면 좋겠다는 생각도 듭니다.

아무튼 최근의 저는 비교적 잠을 잘 자는 편입니다.

평소보다 힘든 산행에서 돌아오는 날은 잠도 잘 옵니다. 부모님들도 일찍 주무시는 편이라, 저녁에 재미있는 TV 프로그램만 잘 피해 가면, 어지간하면 잠에 듭니다. 그리고 잠자기 전 일정 시간은 읽는 책의 종류가 있습니다. 마음을 편하게 해 주고, 희망을 주고, 위로를 주는 책들을 선호합니다. 사람마다 다르겠지만, 그런 종류의 책은 쉽게 찾아볼 수 있습니다.

그럼에도 잠이 안 올 때는 특급 방법이 있습니다.

이 방법은 무조건 잠이 옵니다. 물론 평소에 적절한 운동을 하시는 분들이라면 더 좋겠지만, 그렇지 않아도 무관합니다. 잠이 올 것입니다.

그 방법은 내가 갖고 있는 책 중에 가장 심오하지만, 어려운 책을 골라서 읽는 것입니다. 너무 재미있는 책은 곤란합니다. 적당히 재미있는 책도 괜찮지만, 소설 등은 피하는 것이 좋습니다. 그런 책은 사람마다 다를 것인데, 자신이 읽었을 때 어느 정도 이해는 가지만, 어렵다고 느껴지는 책이 있을 것입니다.

어떤 날은 그런 책이 오히려 잘 읽힐 때도 있습니다.

그런 날이 찾아왔다면 환영할 만한 일입니다. 평소 읽기 어려워서 엄두가 나지 않던 책을 완독할 기회이기 때문입니다. 저도 심리학 관련한 벽돌과 같이 두꺼운 책을 일주일에 걸쳐 읽었던 기억이 납니다. 가끔은 졸다가 읽은 지면을 3~4번 반복해서 읽었던 기억들도 많습니다.

책만 읽으면 잠이 온다는 분들이 있습니다.

그런 분들은 수면제가 필요 없으니 얼마나 좋습니까? 잠이 오게 만드는 것도 독서의 매력이라고 생각합니다. 책을 읽는 것을 심각하고 심오하게 받아들일 필요가 없습니다. 어떻게든 책과 가깝게 지내면 좋다고 생각합니다. 때론 책을 베고 잠에 들 수도 있고, 급하면 냄비 받침도 될 수 있는 것 아닙니까? 그러다가 어느 날 책이 읽고 싶은 순간이 올지 모릅니다. 냄비 받침인 줄 알았는데, 알고 보니 내가 찾던 보물이 그 안에 있을 수도 있습니다.

학창 시절 전교 1등을 하던 친구와 짝꿍을 했던 적이 있습니다.

저는 지금도 책을 깔끔하게 보는 편이지만, 당시에는 거의 결벽증 수준으로 책을 모시면서 봤습니다. 그런데 그 친구는 책에 밑줄도 긋고, 필요한 곳은 접기도 하면서 책을 봅니다. 그러면서 이런 말을 해 주었습니다.

"책은 내가 보려는 거지, 모셔 두는 게 아니잖아?"

그 친구 말이 맞습니다. 물론 저는 여전히 깔끔하게 책을 읽으려고 하지만, 예전만큼은 아닙니다. 저도 밑줄을 긋고, 형광펜도 칠하고, 인덱스 스티커도 붙이고, 때론 접기도 합니다.

우리 사회는 너무 책을 고상하게만 바라본 것이 아닐까요?

어떻게든 책과 친해질 생각을 해 보면 어떨까요?

수면제로 사용하든, 냄비 받침으로 사용하든, 심지어 벽지로 사용하든 말입니다. 언젠가 벽에 도배지로 붙여진 성경을 읽다가 믿음이 생겼다는 일화를 들은 적이 있습니다. 책과 가까이 있다 보면 언젠가는 읽게 됩니다. 지금 당신이 제 책을 읽고 있듯이 말이지요.

저는 읽고 싶은 책은 일단 사고 봅니다.

몇 년 동안 책장에 모시고만 있다가 읽은 책도 있습니다. 정말 사 두면 읽게 되더군요. 정말 신기하고 재미있습니다.

책을 읽으면 이렇게 변화한다는 말은 하지 않겠습니다.

저에게 독서는 그런 변화의 결과도 있지만, 지금 당장 좋은 친구가 되어 주는 존재이기 때문입니다. 심심하거나, 외롭거나, 지루할 틈이 없습니다. 다만 내가 그런 상태일 때 책이 필요하다는 것은 평소의 습관이 되어 있지 않으면 깨닫지 못합니다. 저도 종종 잊으니 말입니다.

요즘 잠이 오지 않아 걱정하고 있다면, 가까운 서점에서 책한 권 구매해 보시면 어떨까요.

인터넷 서점에서 구입해도 됩니다. 요즘은 정말 배송이 빠릅니다. 제가 쓴 책 중에도 잠이 잘 오는 책이 하나 있습니다.

읽었을 때 잠이 오는 책, 힘들 때 위로가 되는 책, 생각하지 못했던 것을 깨닫게 하는 책, 삶에 유용한 정보와 지혜가

들어 있는 책, 새로운 세계로 여행하게 해 주는 책 등 내 마음의 상태와 상황마다 적절한 책을 한 권씩 선정해서 구비해 보세요.

최고의 수면제이자, 최고의 친구가 되어 줄 것입니다.

1시간의 위로

"한 시간 독서로 누그러지지 않는 걱정은 결코
없다."

　　　　　　　　　　　　　　－ 샤를 드 스공다

톨스토이의 단편집을 읽어 보신 적이 있으신가요?

갑자기 톨스토이의 이야기를 꺼내서, 어려운 이야기가 나
오진 않을까 걱정하지 않으셔도 됩니다. 톨스토이 자체도 어
렵지 않지만, 더 이해하기 쉬운 저의 이야기를 하나 들려드리
려 합니다.

어린 시절부터 저는 유난히 책을 좋아했습니다.

아마도 중학교 시절이 책을 좋아하는 정점이었던 것 같습
니다. 그 시절의 열정과 책 사랑은 지금까지도 넘보기 힘들

정도이니 말입니다.

이후 고등학생이 되고, 졸업 후 일찍 사회에 나와 일을 하다 보니 다른 재미있는 것들이 많이 생겼습니다. 이성 친구들도 만나게 되고, 운전면허도 따서 차도 운전하고 다니고, 술도 배우고, 남들 하는 만큼, 남들 노는 만큼 그렇게 살았던 것 같습니다. 그러니 확실히 예전보다는 책에서 멀어지더군요.

그러다가 친구들과 작은 사업을 하나 시작하게 되었습니다. 당시 친구들은 모두 군대를 제대한 상태였고, 저만 미필인 상태였습니다. 조립식 PC를 판매하고, 수리하는 사업이었는데, 저까지 총 4명이 동업을 한 것이었습니다.

그렇게 2년 정도 수많은 위기와 기회 사이에서 아슬아슬한 줄타기를 하는 심정으로 운영해 나가다가 제가 입대를 해야 할 시기가 다가왔습니다. 지금 생각해 보면, 무모할 정도로 순진했기에 그 정도라도 운영할 수 있었던 것이 아닌가 싶습니다. 추진력은 좋았지만, 지혜는 없던 시절입니다. 그리고 제가 입대해서 100일 휴가를 나오기 일주일 전쯤에 사업을 접게 되었습니다.

이후로 우리는 각자 힘든 시간들을 보내온 것 같습니다. 특히나 재정적으로 말입니다. 그리고, 친구들에게도 감정적으로 서로 미안한 마음들이 남았었습니다. 그리고 그 앙금들을 털어 버리는 데에는 참 많은 시간이 소요되더군요.

어린 나이에 감당하기 힘든 빚을 지게 되고, 그것들을 모두 청산하는 데 10년의 시간이 걸렸습니다.

오늘 그 기억 중의 하나를 꺼내 봅니다.

저는 2003년, 24살의 나이에 입대해서 2004년 이라크 파병부대에 차출되어 훈련을 받기 시작했습니다. 앞서 소개한 동기 덕분에 특공부대에도 가고, 파병도 가게 된 것입니다.

파병부대 훈련 중에 "헬기 레펠"이라는 것이 있는데, 헬리콥터에 올라타서 줄을 타고 지상으로 하강하는 훈련입니다. 실제로 타 보면 꽤 재미있습니다.

그런데 아무래도 위험한 훈련이다 보니 한 번 훈련을 받을 때마다 "위험수당"이 몇만 원씩 적립됩니다. 최근에는 군인 사병 월급이 많이 올랐지만, 당시만 해도 군인 월급이라고 해야 몇천 원~2만 원 남짓했던 것으로 기억하니, 위험수당은 꽤 짭짤했던 돈입니다.

이 수당을 적립해 두었다가 휴가나 외출 때 통장으로 입금해 주었는데, 제 기억으로 파병 소집 이후 첫 휴가 때의 일이었던 것 같습니다. 후임과 방향이 같아서 휴가를 나와 함께 밥을 먹고 계산을 하려는데, 결제가 되지 않습니다. 은행에 문의해 보라고 합니다.

일단 돈이 없어 후임에게 빌려 계산을 하고 은행에 문의해 보니, 은행 카드빚으로 인해 통장이 압류되었다고 합니다. 정말 막막하고, 답답하고, 정신이 아득했습니다.

군대에서 휴가를 나와 본 사람은 압니다. 그 첫날이 얼마나 좋은지 말입니다. 그런 날 저는 거의 정신을 잃을 뻔했습니다. 50만 원 남짓한 돈인데, 휴가를 나온 군인에게는 얼마나 크게 느껴지는지요. 부대에서는 안 쓰고, 안 먹으면 그만이지만, 휴가 때는 다르지 않습니까?

또, 이미 그 돈을 어떻게 어떻게 써야겠다는 계획도 있었을 터인데 말입니다.

정말 단 1원도 찾지 못하고, 압류된 곳으로 돈을 송금했습니다. 그리고 어머니가 일하시던 곳으로 가게 되었습니다.

당시 어머니는 아이들 공부를 돌봐 주면서 간식도 챙겨 주는 가정방문 선생님을 하고 계셨었는데, 제가 휴가를 가니 잠시 아이들 방에서 기다리라고 하셨습니다. 스마트폰이 있던 시절도 아니고, 아이들 방에 TV가 있는 것도 아니라서, 아이들 의자에 앉아 있다가 책장에 책이 꽤 많이 꽂혀 있는 것을 보게 되었습니다.

아마도 흐릿한 기억 속에 집어 들었던 책이 톨스토이의 《사람은 무엇으로 사는가》였던 것 같습니다. 톨스토이 단편집에 수록된 작품입니다. 그리고 한 장, 한 장, 책을 읽기 시작했습니다. 어머니가 일을 마치시고 가자고 하실 때까지 한 시간 정도 정신없이 빠져들었던 기억이 납니다.

책을 통해 크게 위로받았습니다.
당시의 처절하고 비참했다고 생각했던 나의 상황은 아무것도 아닌 것처럼 느껴질 정도로 위로받았습니다. 그러니 힘이 납니다. 한 시간 남짓한 상황에서 그렇게 위로받을 수 있는 것이 몇이나 될까요?

그날, 그 시간에, 그 책을 읽지 않고, 위로받지 못했다면, 그날의 저는 어떻게 그 힘든 감정과 시간을 견뎌 냈을지 모릅니다. 친구들과 미친 듯이 술을 마시거나, 엉뚱한 곳에 화풀이를 했을지도 모를 일입니다. 오늘의 제 이야기가 당신에게도 위로가 되길 바랍니다.

지금도 때때로 마음과 상황이 힘들 때는 책을 집어 듭니다. 1시간의 독서는 쉽지 않은 일입니다. 한 시간이 얼마나 긴 시간인지는 잘 아실 것입니다. 그래서 저는 책을 읽을 수밖에 없는 환경을 스스로 조성해 가기도 합니다.

그중의 하나가 "독서 여행"입니다.

독서 여행

무더운 여름의 어느 날.

시원한 캔 커피 하나와 책 한 권을 들고 에어컨이 빵빵하게 나오는 빨간색 광역버스에 오릅니다. 목적지는 경기도 가평 현리를 지나 운악산 아래 현등사 입구입니다. 기분이 좋아 차창 밖 풍경을 몇 장 찍고, 휴대폰은 잠시 무음모드로 전환합니다.

직장인 시절에도 토요일이나 공휴일에는 온전히 하루 시간을 비워 책 한 권을 들고 노선이 긴 버스에 올라탔습니다. 집 근처 교통편이 꽤 좋은 편이라, 가깝게는 서울 잠실, 멀게는 경기도 남양주 외곽, 가평, 팔당, 양수리까지도 한 번에 갈 수 있는 노선들이 있었습니다. 물론 시간이 무척이나 오래 걸립니다. 편도 2시간, 왕복 4시간이 기본이고, 길이라도 밀리면 시간은 더더욱 길어집니다.

버스에서 할 수 있는 일은 몇 가지 없습니다. 휴대폰을 보거나, 가만히 차창 밖을 보거나, 책을 읽거나, 혹은 졸거나 말입니다. 차창 밖은 수시로 보지만, 차에서 조는 일이 많은 것은 아닙니다. 결국 휴대폰만 절제할 수 있다면, 책을 읽으면서 여러 가지 생각을 정리할 수 있습니다. 그래서 저는 집중해서 읽어야 할 책이 생기면, 버스에 올라탔습니다. 그것이 휴식이기도 하고, 주말의 일상이기도 했습니다. 이것이 저의 "독서 여행"입니다.

회사를 퇴직하고 시간이 많아지니 책을 읽을 수 있는 시간도 늘었습니다. 그러나 시간이 늘었다고 책을 더 많이 보는 것은 아니더군요. 그래서 여전히 "독서 여행"을 즐깁니다. 이동 중에는 책을 읽고, 어딘가 도착하는 지점에서는 그 동네 혹은 그곳의 시장 등을 구경하고, 다시 돌아오는 길에 또 책을 읽습니다. 최근에는 지방으로 원정 등산을 다닐 때도 책을 갖고 다니면서 읽어 보곤 하는데, 아무래도 등산 이후에는 피곤하다 보니 독서만을 위한 여행 때보다는 집중력이 떨어집니다. 그래도 책을 들고 다닙니다.

등산이 저에게 육체적, 정신적 위로와 단련의 도구라면, 독서 또한 이성적, 감성적, 정신적, 영적 위로와 단련의 도구라 할 수 있습니다. 책을 읽으면서 전해져 오는 깊은 감동들이 책을 읽으면서 방문했던 장소들과 함께 진하게 배어 있습니다. 또 낯선 곳을 방문하면서 느껴지는 특유의 외로운 감정들과 함께 결합한 그 맛이 일품입니다. 이건 정말 직접 느껴봐야 알 수 있는 표현하기 힘든 그 무엇 이상의 것입니다.

그 맛에 빠져들면 외로움을 반기게 됩니다.

누구 하나 만나 주지 않고, 어느 곳 하나 갈 곳이 없어서 외로운 것과는 차원이 다릅니다. 나 자신이 적극적으로 어디인지 모를 곳으로 책 한 권과 함께 가는 여행입니다. 말로 표현하기 힘든 그 무엇 이상의 것을 느끼기 위해서 말입니다.

매번 그 짧은 여행에서 돌아올 때는 내 안에 책과 소통했던 보람과 추억의 시간들이 저장됩니다. 책 속에서 건진 지식과 지혜는 보너스입니다.

오늘, 이 책과 함께 짧은 "독서 여행"을 떠나 보는 건 어떨까요?

리터러시 literacy

예전에는 독서 여행으로 자주 가던 노선의 종점에 가평 운악산 현등사가 있습니다.

지금은 등산으로 더 자주 가는 곳입니다. 물론 책 한 권을 들고 가면 오고 가는 동안에는 독서 여행이 됩니다.

운악산은 경기도 가평과 포천에 걸쳐 있는 경기 5악 중의 하나로, 산세가 험하고 풍경이 아름다워 매년 계절이 바뀌는 시기마다 한 번씩 찾게 되는 경기도의 명산입니다.

저는 주로 현등사 입구 아래 마을에서 시작해서 눈썹바위, 만경대를 지나 정상을 찍고, 다시 전망대, 코끼리 바위, 절고개 방향으로 둥글게 순환하는 코스를 선호하곤 합니다. 언젠가는 포천으로 넘어가 본 적도 있는데, 교통편이 좋지 않아 자주 애용하지는 않습니다.

어느 날 혼자 운악산에 올랐다가 하산을 하는 길이었습니다.

갑자기 머릿속에 "리터러시"라는 단어가 계시처럼 떠올랐습니다.

"리터러시? 이게 뭐지?"

단어의 뜻은 알지 못했습니다. 말 그대로 하늘에서 내려온 비단 주머니를 열어 보니 그 안에 "리터러시"라고 적혀 있는 기분이었습니다. 뜻도 모르는 단어가 머릿속에 떠오르는 경험은 분명 흔치 않은 경험입니다. 바로 검색해 보면 나오겠지만, 솔직히 뜻이 있는 정확한 단어가 맞는지에 대한 확신도 없었습니다. 그만큼 생소한 단어이고, 말입니다.

산에서 내려와 정비를 하고 스마트폰으로 "리터러시"를 검색해 봤습니다.

[리터러시는 문자화된 기록물을 통해 지식과 정보를 획득하고 이해할 수 있는 능력을 말한다.]

이럴 수가…. 쉽게 말해서 문해력과 같은 말이었습니다. 그러니 분명 어디선가는 보거나 읽었을 것이고, 그것이 내 안에 잠재되어 있다가 계시처럼 떠올랐던 것입니다. 지금 생각해도 신기한 일입니다.

이후에 지속적으로 "리터러시"라는 단어가 눈에 들어옵니다. 디지털 리터러시, 미디어 리터러시 등, 조금만 주변을 돌아보면 "리터러시", "문해력"이라는 단어를 쉽게 찾아볼 수 있습니다.

성경에도 비슷한 표현이 나옵니다.

> "잇사갈 자손 중에서 시세를 알고 이스라엘이 마땅히 행할 것을 아는 우두머리가 이백 명이니 그들은 그 모든 형제를 통솔하는 자이며"(역대상 12:32)

"시세"라고 표현합니다. "흐름"이라고 할 수도 있겠습니다. 그것을 읽어 낼 줄 아는 능력이 "리터러시"입니다.

우리는 그 어떤 시기보다 복잡하고, 빠르게 흘러가는 시대를 함께 살아가고 있습니다. 이런 시기에 우리가 선택할 수 있는 선택지는 너무나 많은 것이 문제라면 문제입니다. 어떤 것이 가장 최선의 선택이고, 자신에게 가장 좋은 길인지는 그 누구도 섣부르게 장담할 수 없습니다.

저는 산행 중에 "리터러시"라는 단어가 머릿속에 떠오른 것이 분명 단순한 우연만은 아니라고 생각합니다. 머릿속에 그어떤 단어가 떠올랐어도 그저 스쳐 지나가듯이 잊었다면 단순한 해프닝으로 지나갔겠지만, 그것을 한번 붙잡아 보려 합니다. 점점 이 복잡한 세상의 시세를 알게 되고, 흐름을 읽어갈 수 있게 될 수 있도록 말입니다. 그리고 그것을 많은 사람들과 나누고, 섬기고, 함께하면서, 각자의 외로움과 아픔을 치유할 수 있을 날을 기대해 봅니다.

그러기 위해 오늘도 외로움의 문을 열고 들어가 앞으로 펼쳐질 세계를 쌓아 갑니다.

마음의 연고

상처받은 마음에 연고를 바르고,

또 상처를 받고,

또 연고를 바른다.

그렇게 딱지가 지고, 굳은살이 배기면서도

강해지는 건 힘든 일인가….

그래도 괜찮다.

그 과정의 표현들이 누군가에게는

위로가 되니 말이다.

살다 보니 몸이 아플 때도 있고, 마음이 아플 때도 있습니다. 혹은 둘 다 아프기도 합니다.

나의 아픔은 아주 작은 것도 크게 느껴지지만, 상대적으로 다른 이들의 아픔은 크게 와닿지 않습니다. 만약 타인의 아픔까지 크게 느껴졌다면, 이 세상은 더 아팠을 테니, 오히려 다행인지도 모르겠습니다.

몸이 아픈 것은 치료를 받고, 약을 먹고, 연고를 바르고, 주사를 맞고, 때론 수술을 받기도 합니다. 그런데 마음이 아픈 것은 어떻게 해야 할지 모를 때가 종종 있습니다. 마음도 크게 아프면 병원에 가야 합니다. 호르몬이나 신체 기능의 이상으로 마음이 아픈 경우도 꽤 많습니다. 그러니 방치하지 말고 병원에 가는 것이 좋습니다.

하지만 일상에서 조금씩 마음이 다치는 것은 병원을 갈 수도 없는 노릇입니다. 타인의 아픔에 무심하니, 가족도, 친구들도, 사랑하는 연인도 나의 상처 난 마음을 몰라줄 때가 많습니다. 어쩌면 그것이 자연스러운 일일지라도, 또 한 번 상처를 받을 때가 있습니다. 그렇게 외로움의 시기가 찾아옵니다.

어쩌면 나조차도 나의 마음과 상처에 대해 모르는데, 내가 아닌 타인이 나를 이해하고 위로해 준다는 것은 너무나 어려운 일일지도 모릅니다. 오히려 섣부르게 자신의 경험을 토대로 나를 이해하는 것처럼 다가오는 것이 더 부담일 수도 있습니다. 나보다 나이가 많다고 해도 마찬가지입니다. 각자의 인생을 살아가는 것인데, 자신의 인생 경험을 토대로 위로하는 것은 일종의 확률 게임입니다. 어떤 때는 위로가 될 수 있지만, 그렇지 않을 때가 많습니다. 차라리 그냥 내버려두는 것이 좋을지도 모릅니다.

그러니 나 자신의 마음과 상처는 스스로 돌보는 것이 가장 좋습니다. 어쩌다가 좋은 멘토나 롤모델을 만나기도 하고, 좋은 사람들로부터 꽤 괜찮은 위로를 받을 확률도 있지만, 그 시작점은 역시나 내가 나를 돌보는 것에 있습니다. 이런 책을 읽는 것도, 좋은 영화나 영상을 보는 것도, 내가 좋아하는 카페에서 차 한잔을 마시는 것도, 모두 마찬가지입니다. 적극적으로 나의 마음을 돌볼 필요가 있습니다. 그것도 최우선으로요. 그것이 마음의 연고입니다.

연고는 우리 몸이 스스로 회복하는 것을 도와줍니다. 마음의 연고 또한 우리의 마음이 스스로 회복하고, 강해지는 것을 도와줄 것입니다. 그렇다고 다시 상처받지 않으리란 보장은 없습니다. 다음번 상처에서 아프지 말라는 보장도 없습니다. 그렇지만, 이 모든 과정들이 또 언젠가는 다른 이들의 마음의 연고가 되어 줄 수 있습니다.

이 책을 쓰면서 참 많은 얼굴들이 떠올랐습니다.
저와 친한 사람들은 물론이고, 한두 번 스쳐 지나갔던 사람들도 함께 말입니다. 이름을 밝힐 수는 없지만, 모두에게 감사와 위로의 인사를 전하고 싶습니다. 저와 그들 모두에게 발견한 "외로움" 덕분에 또 누군가에게 마음의 연고가 될 수 있는 이 책이 나올 수 있었습니다.

우리 각자가 서로에게 위안과 위로와 응원이 되는 삶이 되기를 소망합니다.

오늘도 외로움을 선택합니다

최근 연애를 시작했습니다.

마지막 연애가 언제인지 기억도 나지 않아 "혹시 나는 어쩌면 모태솔로가 아니었을까?"라는 망상에 빠져들기 직전에 다행하게도 구제되었습니다. 감사합니다.

많은 사람들이 연애를 하고, 또 많은 사람들이 연애를 하지 않습니다. 누군가를 만난다는 것이 참 어렵습니다. 특히나 연애 상대로는 더더욱 말입니다. 오죽하면 저도 이제야 만났을까 싶습니다. 그럼에도 마치 미디어와 각종 SNS에는 모두가 연애를 하고, 모두가 행복해 보입니다. 어쩌면 당연한 것입니다. 모두가 자신의 행복한 시간만 보여지고 싶으니까요.

막상 연애를 시작해 보니, 연애를 한다고 해서 외롭지 않은 것은 아닙니다. 오히려 아무도 없을 때는 아무 생각도 없었는데, 연인과 서로 다투거나, 연락을 하지 않을 때는 혼자 지내던 시절보다 더 괴롭고, 더 외로운 마음이 배가 됩니다. 어쩌면 혼자 지내던 시절에는 외롭지 않다고 생각했던 시간들이 연애를 하면서 외로운 시간으로 찾아왔는지도 모릅니다.

그런데 저를 비롯한 많은 사람들은 연애를 하고, 결혼을 하면, 외롭지 않아야 한다는 것으로 생각했나 봅니다. 그러다 보니 또 다른 오해가 생기고, 다툼이 생기고, 더 외로워지는 상황이 이어집니다. 저희도 아직 시작 단계이지만, 벌써부터 그런 시간들을 많이 겪었습니다. 서로의 시간과 일이 중요한 사람들이다 보니 각자 존중해 주고, 맞춰 가는 과정입니다.

연애를 시작했지만, 앞으로도 혼자 산에 다니거나, 책을 읽거나 하는 시간들은 변하지 않을 것입니다. 상대에게도 마찬가지로 자신만의 시간이 필요하고, 그 시간을 통해 서로가 단단해질 수 있으니 말입니다. 물론 혼자 해도 되는 것을 함께 하는 시간도 있을 것입니다. 그런 것이 연애라고 합니다.

중요한 것은 언제 어디서든, 혼자이든, 함께이든, 외로움의 시간이 찾아올 때, 내가 먼저 적극적으로 외로움을 선택하는 것입니다.

서로 함께하면서도 각자 다른 것에 관심을 두고 마음이 하나 되지 않을 때처럼 외로운 상황도 없을 것입니다. 차라리 그럴 때는 혼자 있는 것이 낫겠다는 생각이 듭니다. 그러니, 그런 상황이 오기 전에 미리 자신의 외로움을 선택하고 받아들여서, 그 시간을 자신의 자양분으로 만들어 가는 것이 좋습니다. 또한 상대방의 선택을 존중하는 이해심도 필요하겠지요.

외로움의 시간은 누구에게든 찾아옵니다. 인간이라면 결코 피할 수 없는 시점입니다.

그럴 때마다 자신을 자책하지도 말고, 동정하지도 말고, 다른 사람이나 환경 등을 탓하지도 마시길 바랍니다. 그것은 누구의 잘못도 아닌, 구름이 모이면 비가 내리는 것처럼 자연의 섭리이기 때문입니다. 오히려 그 시간을 적극적으로 선택해서 나 자신의 무기로 만드시길 바랍니다.

그래서 오늘도 외로움을 선택합니다.

어쩌면
우린 모두
외로운가 봐

ⓒ 알렉스 신, 2024

초판 1쇄 발행 2024년 5월 1일

지은이   알렉스 신
펴낸이   이기봉
편집   좋은땅 편집팀
펴낸곳   도서출판 좋은땅
주소   서울특별시 마포구 양화로12길 26 지월드빌딩 (서교동 395-7)
전화   02)374-8616~7
팩스   02)374-8614
이메일   gworldbook@naver.com
홈페이지   www.g-world.co.kr

ISBN   979-11-388-3061-4 (03810)